你渴慕我的溫暖 但我手很冰

馬卡龍腳趾 著

序

鼻子

不知道從什麼時候開始，我突然注意到眼睛看出來的視線裡可以看到半邊鼻子。然後它從此以後就一直在那裡了。就跟其他事情一樣，一旦開始注意到，就無法再回到視而不見、平安無事的時候。

好幾年前去看眼科，醫生跟我說我的眼睛看出去的東西都是平面的。因為一隻眼睛不好，一隻眼睛好，自然聰明的身體會自己找到彌補缺陷的方法——學會睜一隻眼閉一隻眼，只用一隻眼睛看，然後假裝自己視力很好，而且我是遠視，可以看得很遠。看出去的東西是平面的我覺得很酷，難怪我的畫也很平面，連偶爾幫他們加上陰影時，仍然沒有立體感。所以他們長得很幽默也很有趣，因為真實世界的東西都是立體的，而真實世界並沒有這麼幽默，這麼有趣。於是我也接受了我是這樣有趣的人，不以為意。離開診所前醫生只丟了一句：「如果之後學了開車，再來找我。」我笑笑跟他說再見，因為我覺得我不會學開車，在台北開車太恐怖了。

離開診所，我開始對我的平面眼睛展開一些測試。看看車窗外台灣特有的爆滿招牌市景和一旁一點也不想湊熱鬧的天空，我很確定我知道招牌在前面，天空在後面。又或許是因為我本來就知道天空不會離我這麼近，要摸到招牌很容易，要摸到天空卻很難。然後我想起難怪我總是很怕球，因為我總算不準它們的距離，到長這麼大才知道我錯怪球了，不是球的錯，是我自己的問題。一路上，我一邊注視著這個2D世界，一邊幻想著這樣與眾不同的雙眼對這個世界可以有什麼貢獻。

我後來想到，我可以在運動會上當報告大隊接力賽事的主持人，給予每個參賽者十足的信心。我可以想像自己如果是跑步的人，我會多麼樂於聽到「大家實力相當」而不是「三班已經大幅領先二班」這種話。對視覺平面的我來說，往他們奔跑的背影看過去，一條條平行於彼此的跑道，他們沒有誰快要到終點，而是都仍然在努力地跑著，然後我會因此很快樂。反正無論什麼事情發生在自己身上，都還是要給自己一點理由快樂。

啊，忘記問醫生，如果一直看到鼻子，該怎麼治療了。

我知道我如果問了也會害到他，他從此以後從那台像顯微鏡的東西看出去，就無法仔細地看進病人被機器托著下巴的那無神雙眼裡了，他只會看到自己的鼻子。

可是我把這件事告訴你們了，我不在意你們喜不喜歡這個新發現，我還是要告訴你們。

鼻子當然很重要，而且我們還很在意很在意它。小時候常看的《小婦人》裡，艾美說她此生最大的痛苦是她的鼻子，甚至懷疑自己曾在嬰兒時期被摔過，才有了怎麼用衣夾夾都挺不起來的鼻子。我們在意鼻子好不好看，也在意鼻頭上過大的毛孔與討人厭的粉刺，然後在鼻子保養上下了很多功夫。有時候它像不存在一樣，我們不認真地用它呼吸；過敏的時候我討厭它，有過敏的人都會懂這樣的討厭。我們可以這樣與鼻子共存，可是並不需要眼眶中有它。

除了鼻子的事情之外，我還會繼續說其他的事情。有些事也許一直都在，只是我們不去談，因為怕痛而已。請不要抱著希望看這本書，這不是一本治癒人心的書，因為那些都不是病，而我也從來不知道人心要怎樣才算完好。

有一個好消息是，我最近回去那間眼科，做了一些測驗，結果醫生說我的視覺根本不是平面的。

從上次診斷到現在，我什麼都沒做，我沒有狂吃護眼保養品、我沒有不滑手機、我沒有限制自己用電腦的時間，我只是與它共存而已。和鼻子也是，和其他事也是。

【目錄】

記憶花

今天我們住在雲上，好不好

快樂藥丸

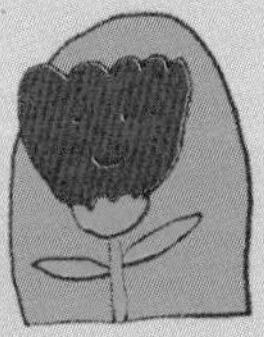

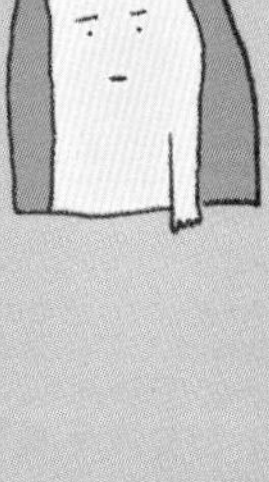

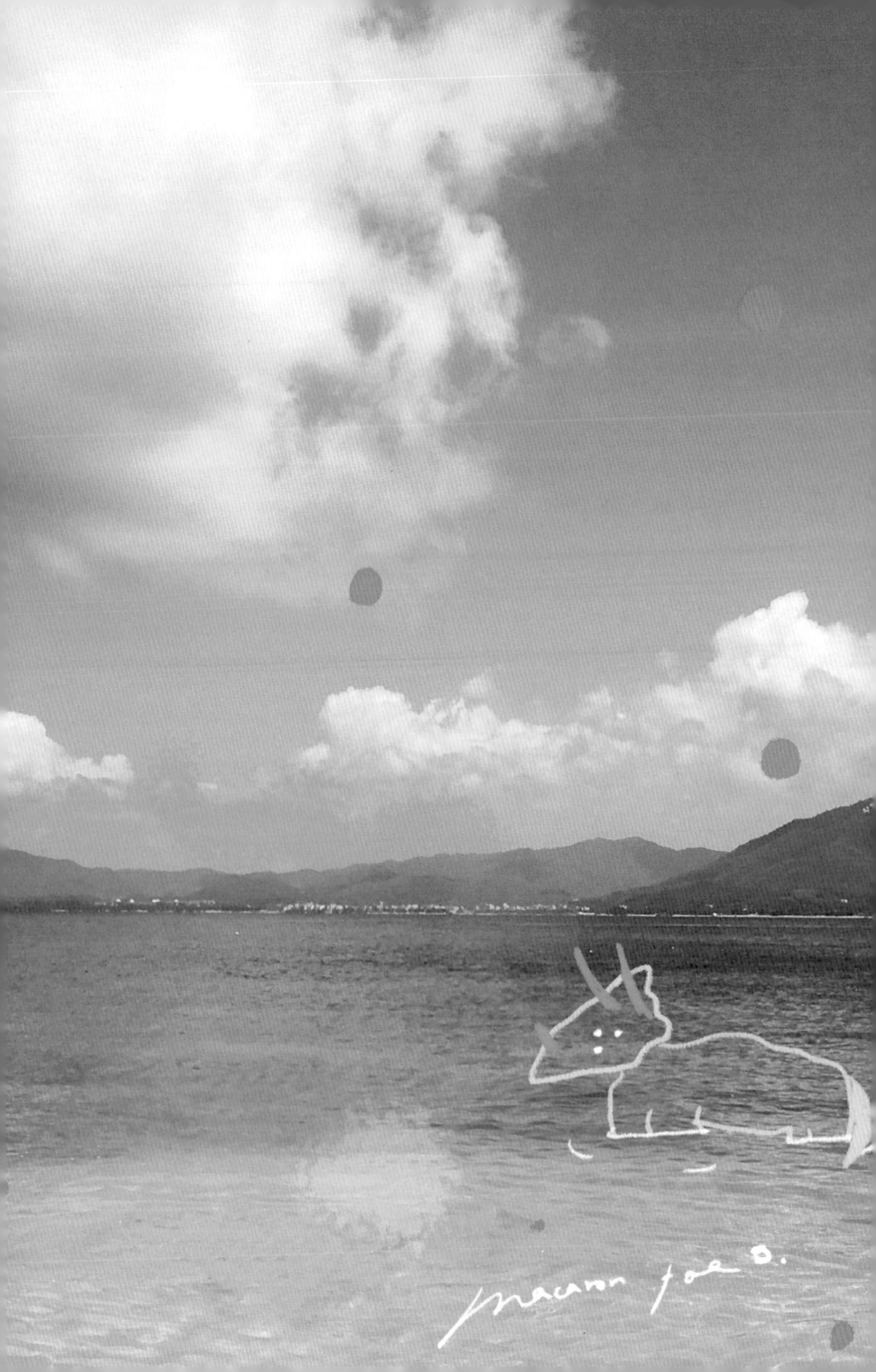
macaron joe D.

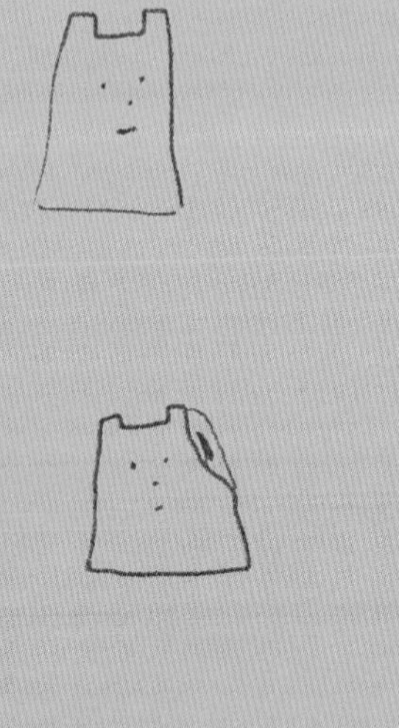

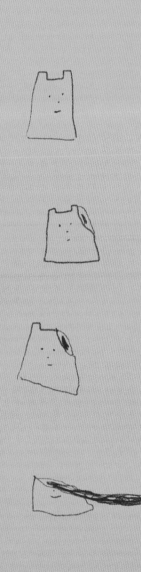

在我被吃掉的時候

「我希望，至少在我被吃掉的時候，我可以在一旁安穩地看著。」

生活中有很多令人窒息的時刻，我總是希望有一個平行時空，能讓人暫時安放靈魂。

那些窒息的時刻可能出現在我們感到被限制和不自由的時候，譬如說看牙。身體被困在那張小小的椅子上，躺在一點都不溫馨的白光下面，我只想逃走，但卻連動都不能亂動。有一次我還這樣哭了起來，可能因為我真的很過動，被限制住的時候會呼吸急促和恐慌。後來再也沒去過那家牙醫，因為覺得只有小孩可以在那張椅子上哭，大人哭就是丟臉。不過為什麼小孩可以光明正大地嚎啕大哭，而大人哭的話最好要躲起來，我也不知道。我真希望每個看牙的時候，靈魂都可以先不要在身體裡，我會比較好過一點。

窒息的時刻也可能出現在每一次的失去。這種痛來不及麻醉，或是麻醉也沒有效果。因為無論是哪一種再見，我們永遠都無法好好準備。當你以為你已經準備好面對某個失去，在真正失去的那一刻，心臟還是逃不了被挖一口的感覺。所以希望我的靈魂不要那麼用力地感受每一次的擁有，這樣一來，面對失去的時候才有辦法學著如何輕輕地看待，甚至有辦法再事不關己一點。

幼稚園的時候我會在午休假睡，眼睛瞇著，老師就看不出來躺在睡袋裡的我其實醒著。我用瞇瞇的眼眶看著老師在我的睡袋腳邊再三確認我是不是真的睡著了，然後走向我，將微笑貼紙貼在我的額頭上。乖乖睡覺是有獎勵的，好像在安慰我就算做著自己的事情，也沒有關係。

長大之後，有時候我們也用那樣瞇瞇的眼眶面對這個世界，那好像就是把靈魂放到身體之外的方法。不要太深刻地去感受、偶爾學著睜一隻眼閉一隻眼、有些事情不能太執著，因為每份執著都有重量，我們卻沒那麼堅強。假裝沒事，雖然沒有獎勵，靈魂至少也不會受到懲罰。

只是現在無論多努力地做著自己不喜歡的事、多努力地假裝，都再也不會有人幫我們在額頭上貼上微笑貼紙了。好像是在提醒我們，歡迎長大。

我小時候
很胖.
我小時候
沒有刺.

長刺的玫瑰

玫瑰花的刺不是與生俱來的。

每一根刺都是隨著經歷的壞事，一根根長出來的。它們讓自己變得不再可愛、也不耐看，但是可以保護自己，所以玫瑰花選擇躲在刺裡。

躲久了，漸漸地也忘了原本那個沒有刺的自己在哪裡。

我們也是。

這條路有多長
可能沒有盡頭
這是什麼路
想念的路

搭飛機

在飛機上，後面坐著一個阿嬤跟一個小男孩。阿嬤講話台灣國語，但小男孩講話是中國口音。

「以後要把床留著，這樣回台灣還有地方可以睡覺。」

「阿嬤今天幾月幾號？」小男孩問。

「你看好多飛機哦，跟你的那本飛機的故事書一樣，說飛機都好忙碌。」

「哪一本書？阿嬤，還有二十一天對嗎？」小男孩顯然沒有在聽阿嬤說話。

「對啊。到台北就好晚了，就七點快八點了。」

起飛後，小男孩開始大哭，哭著說好想跟媽媽一起。原來是在倒數下次再見媽媽的時間啊。

每個人都被迫訓練在一些時候和心愛的人道別，從那刻起就走上了一條想念的路。還好小男孩的小小心臟不用承擔太多，他只要走二十一天，就可以搬去跟媽媽住了，還要在那邊讀長頸鹿美語。可是有時候那條路沒有那麼簡單，它有時候好長好長，沒有期限，也沒有能停下來的一天。

那條路雖然不好走，卻很少人有足夠的勇氣轉彎走開。

會不會有可能哪一天你也走在這裡，然後對我說：我跟你想我一樣，也在想你，不曾離開。

你有沒有想過，你有長脖子的樣子
沒有，
在看到你，之前，或之後
都，沒有.

群居動物

有時覺得孤僻滿好的。假如說世界上只有一個人，那麼就沒有無意義的比較，沒有過分的吵雜聲，不用在任何太熱鬧的時刻偷偷撒謊。

但世界上總是不只我自己一個。

怎麼在人群裡不人云亦云，在人群裡不輕易屈服，在人群裡不隨便羨慕，都是地球人每天在練習的。沒有人想要不特別，然而很多事情又總是在有了開端後走入無聊至極的模型裡打轉，是在拚命地跑著沒錯，只是無聊。

如果說人是單一的個體，卻很難完全獨立。要有著自己的世界觀，抱著不至於傷人的固執前進，一直都不是一件容易的事情。學著怎麼把稜角變得溫柔的同時，也要懂得堅持著自己，然後去發現自己所認為的、所擁有的那些，是如此美麗。

我想長大.
這樣嗎?
這是縮小燈,
去射那些大人.

縮小燈

小孩一個不小心，也變成了他討厭成為的那種大人。

他說是這個世界讓他變成這樣的。

如果有縮小燈，那被縮小的大人，能不能找回原本那個小小的自己。雖然擁有的不夠多，但有著小小的心臟，裝著滿滿的善良。

一個好消息
一個壞消息
你要聽
哪一個
⋯
聽哪個
可以玩球？

洋蔥圈

小孩真的是很神奇的生物。他們總可以想笑就笑，想哭就哭。上一秒我還在和他用水彩顏料研究著紫色大樹怎麼畫，下一秒他就因為以為來不及寫完功課、不能踢到足球而崩潰，眼淚的大小和他小小的臉簡直不成比例。

因為這陣子回家住的關係，有了比較多跟幼稚園大的洋蔥圈相處的時間。

「我又不是小 baby，我才不會哭。」是洋蔥圈今天見到我聊的第一個話題，結果今天哭了兩次。

今天的任務是陪他完成幼稚園的功課。他每天都要畫日記，要畫一天中發生的一件事或是在故事書裡看到的東西，跟我現在每天做的事很像——用畫畫記錄所有關於自己的事——只是他才五歲。自從有一天我在他旁邊用水彩畫聖誕節的圖，他的這份作業就變成天天都是水彩，還學會自己調出皮膚色。

我給他看我的水彩本，他就注意到每張畫右下角簽上的日期，像日記一樣。這些想要被收好的事情，還在記憶裡的，就算沒有寫清楚來龍去脈、沒有標記發生的時間，也不痛不癢。可是隨著時間淡掉的那些筆跡與記憶，如果真的弄丟了年分和日期，就有可能像什麼都沒發生過一樣。

「你覺得你長大以後，還會回來看你畫的日記嗎？」

本來很吵鬧的他突然靦腆了起來，眼睛轉了又轉，小聲地說他想。然後下一秒又開始發瘋大笑和耍賴，好像剛剛進入過他腦袋的思緒都統統不算數，隨時可以重來。

我們也曾經都是小孩，怎麼長大就好像是從神奇變成平凡。

怎麼找回單純清澈的腦袋去想、去聽、去看，怎麼回到第一次看見雨的心情，怎麼知道自己想要什麼然後不被任何事情打亂，怎麼讓世界定義出的好壞不進而定義自己心中的好壞。

幼稚園的他要練習的是積木、ㄅㄆㄇ和畫畫日記。而大人要練習的東西，還太多太多了。

希望我
可以成為
更好的我.

咖啡豆

總有些話聽來逆耳、總有些生來帶刺的人，都出現地冷不防，我們還只能想辦法讓自己能開朗一點地面對。

但就在我們扭曲地無藥可救、被消磨到不成人形時，一定要相信，總有最適合自己的方式，可以讓我們能靠著自己小小的力量，產出美好。

而那些美好，幸運的話，會有人懂，並且會細細品嘗。

好久沒來了
想吃什麼
都可以點
我想點
以前的我們

餐桌記憶

有時候我們反覆地去吃一家餐廳，並不真的多為那個菜色而著迷，想念的不過是一段回不去的時光。

那裡總是放著古典音樂，在我還不懂什麼是古典音樂的時候。除了古典音樂讓這個空間很奇異之外，牆上有一幅很大的歐洲街景黑白照，那就好像是這種比較有年紀的老西餐廳專屬的，把黑白照片當壁紙在用，布滿整面牆。那時候看著那幅畫的我，一定沒有想過自己長大以後也會有機會去街道也長那樣的國家，一定沒有想過我會去這麼多地方旅行，甚至在那樣的地方自己生活。

小時候都不懂能在家吃飯是一件多幸福的事，只要能去這家餐廳吃飯我就會歡呼，在西餐廳吃飯總比在餐桌上吃飯好玩！而且它叫作「快樂天堂」，我確定它真的是，深信不疑。

那時候去「快樂天堂」的頻率，密集時一個禮拜一次，或至少兩三

個禮拜我一定會想起它一次。然後我們就會全家不回家吃飯一起去我們的快樂天堂，即使阿婆已經煮好一整桌飯菜，我們還是會像壞小孩一樣，先在外面吃飽了，再回到餐桌上吃一點菜裝乖。就這樣吃了好幾年，每次吃的感覺都跟第一次吃一樣，好像我們一家五口會永遠一起，時光會能被凍結，我們永遠不會老去。

直到上了大學不住家裡了，去了更大的世界，生活變得忙碌，用不著快樂天堂，只要能有時間吃飯就是快樂。從每個假日回家、兩三個禮拜回家、到後來開始兩三個月才回家一次，我們就不太常去了。

難得回一次家，覺得世界上最好吃的菜色是阿婆的飯菜。即使現在阿婆已經不能自己煮菜了，在這個大餐桌上吃飯仍然是我們和她、和爺爺、和這個家的連結。

前幾天我去了「快樂天堂」，這麼多年沒去，牆上的相片還在，那些菜單上經典的套餐還在，我依然點了每次都點的紅酒烤雞腿，送來的套餐附湯也跟以前一模一樣。只是感覺一切都不一樣了，我沒有再把飯倒進湯裡變成湯泡飯吃，我們沒有再全家一起來。

我知道這裡一點都沒變，只是我們就是已經不一樣了。

新髮型
明天可以
這樣出門嗎
好醜
不可以.

不在意

很多時候，我只是問問，可是我其實不在意聽到什麼答案。

不在意真好。其實不在意是需要練習的。

小時候會在意考試成績、換新髮型會在意隔天到班上大家會說什麼、好朋友A突然只跟好朋友B說話不理我了也可以難過好久。現在我可以不在意好多事，不知道是心臟變太大，還是其實是對很多事情的感受逐漸冷淡了。

不太確定這是什麼，只知道跟長大多多少少有點關係。那些很純粹的感受，也許跟著一直走個不停的時間，這樣消逝了。但不去在意或不去放大一些情感，其實只是想好好地保護自己，讓自己能有顆還算完整的心。

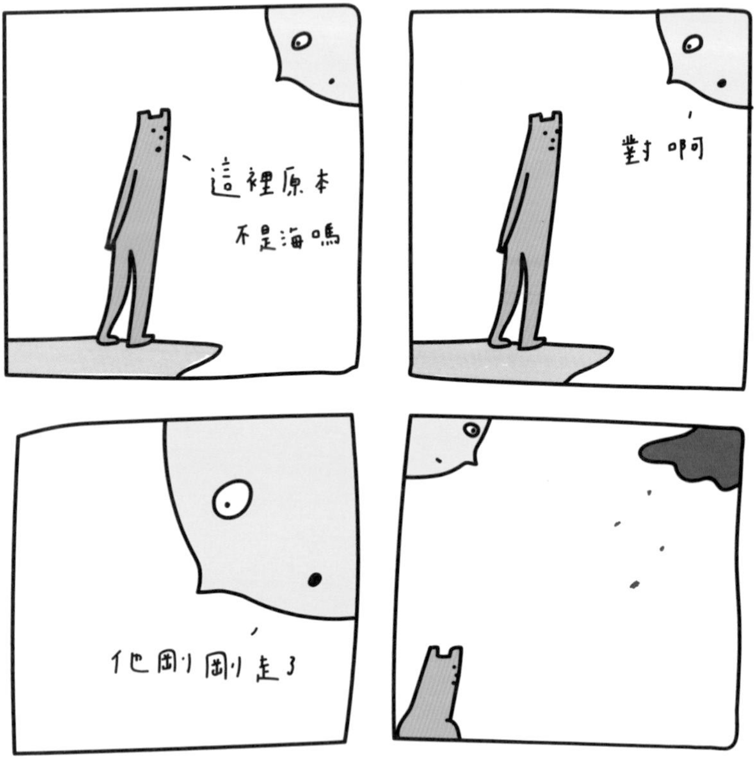
這裡原本
不是海嗎
對啊
他剛剛走了

海跟夏天都會走

當我意識到我還沒有真正去海邊，抱怨鞋子進了好多沙，弄髒身體，然後晒傷，我才發現夏天真的就快要沒了。

我不確定人是否需要夏天，但人莫名地依賴大海，應該是千真萬確的。想逃走的人就到海邊，越是無邊的海越有療癒作用。因為越靠近大海的地方，有著越自由的節奏、越無拘束的日常。因為相信它這麼大，一定有辦法容納某一部分的我們。

每一次離開海，都像一部快樂的電影散場——剛剛經歷的那些，都比現實好。明知道逃不進電影裡，我們還是對電影抱持希望，是那種能拯救自己的希望。在一片黑暗裡看得見光是電影院限定，走出去之後的世界就未必如此了，就像大海最後還是侵蝕不了人類的憂傷。

海就這樣，因為載著很多人的願望，看起來才這麼多愁善感又混沌。只是願望沒有被好好對待的話，也會跟夏天一樣，一個不小心就這樣隨著時間蒸發。

當一件事情真正地離開，我們才會發現自己原來真的還沒用盡全力。這樣的我們，更沒有無盡的夏天能被浪費，時間卻寶貴地只能分給比大海還要不浪漫的事情。

在時間的刻度裡，我們往往無法衡量值得與不值得。常常只是說著時間的蠻橫，然後以為自己已經做盡了選擇。

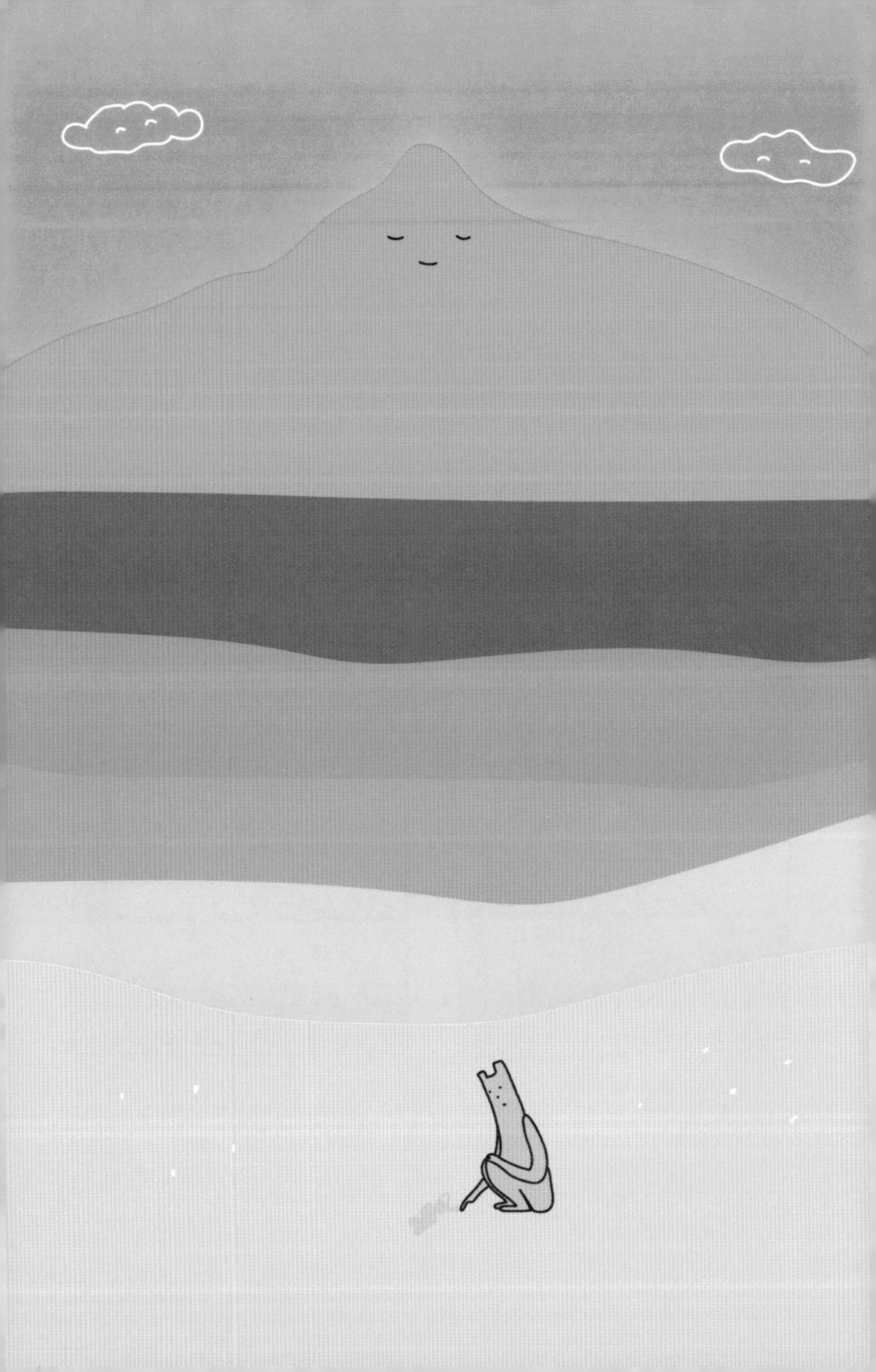

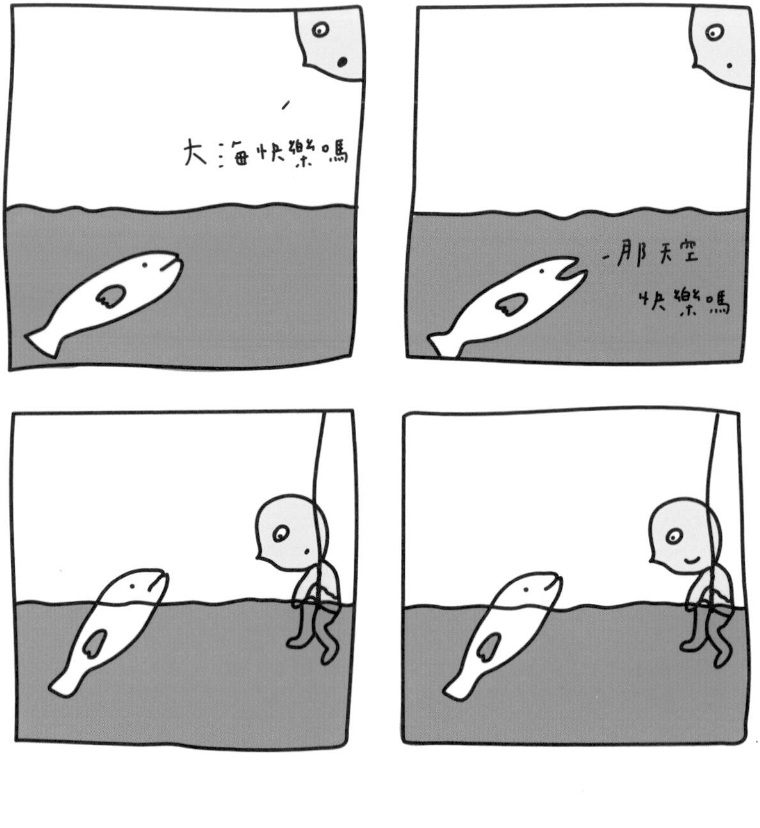
大海快樂嗎
那天空
快樂嗎

客滿

有一天，人生裡的朋友會滿嗎？

到了某個階段，我們雖然仍然在與不同人相遇，但有時候那之間的流動好像只停留在表層，怎麼樣就是透不到心底。那種感覺就好像每個人的心裡都有一個九宮格，或更多或更少的格子，一個格子放一個人，放完了我們就再也沒有空位給別人了。

我以前一直覺得是這樣的。

但後來慢慢發現只要把自己的感知打開、好奇心打開，用真心去認識一個人，那些與自己很不同的人的世界真的好大好大，大到無法想像。而且他們的世界通常還很奇幻、很有趣。

沒有不相通的世界，只有不踏出自己小小世界的那種人。與其遠遠地問那裡快不快樂，不如把自己拋向那些不熟悉的地方，去理解他所說的快樂與不快樂。

這樣一來，認識一個人就像去一趟遠方，就跟一趟旅行一樣。幸運的話，那條路上，都是寶藏。

我受傷了
這是什麼
我能給的
安慰

旁觀者

該怎麼確定自己是不是擁有一顆善良的心，是不是一個好人。

我們原本就是善良的。

大部分的時候我相信人性本善。就算壞掉的心腸也有它藏起來的、好的一面，而且那壞掉的部分，也絕對有一個能把它變好的人。

小時候看著麵包超人挖下自己的臉幫助肚子餓的人，我們沒有半點懷疑，我想那就是最單純的善良。無助的人需要被拯救，而越是幸福的人，好像就有越大的力量可以去改變什麼。

但漸漸地我發現善良一點都不夠；漸漸地我發現我一點力量也沒有；漸漸地我像個壞人，看著我無法改變的事情在我眼前發生。

麵包超人之所以總是去救肚子餓的人，是因為世界上真的只有肚子餓的人能被拯救。

無論有多多的善良，我們還是救不回任何一個受傷的靈魂。無論多善解人意，面對他們，再多的理解也都只是個旁觀者。

好想跟
大家一樣，
有正常的
脖子
希望明天脖子就變短了。

長頸鹿

長頸鹿先生一直討厭自己的脖子。

每天他都向宇宙許願，希望能擁有很一般的脖子、能和其他人一樣正常。

在一個魔法的夜晚，他的願望真的實現了。他終於有了很一般的脖子，他變成了正常人。

結果魔法讓全世界都有了很長的脖子，只有他沒有了。

那天之後，他再也不輕易地許願了。

可能這是腳踏實地的一年，別太依賴願望。自己清楚自己的渴求，內心堅定地前往想去的地方，更踏實、也更滿足。

我今年決定，
不再做一些
不是真的
很喜歡的
事情
想更愛
自己一點

新年

過了一個年，又老一歲。人們就是這樣被時間和時節給牽制的。然後就算我們不確定新的一年會不會更好，仍然要遇到人就說「新年快樂」。

面對新年，人人總有不同的心情。大部分身邊的朋友都不愛新年，可能是討厭圍爐的尷尬、可能討厭塞車、也可能糾結於和家人之間總是有些解不開的結。

但人類也真的需要新年。因為新的一年，可以有新的希望，那麼舊的願望就算都沒有達成也沒所謂。就像一個重新開始的按鍵，按下去，假裝可以重來，假裝沒事。

然後繼續一年一年，又老了一歲。

就怕在有限的時間裡，我們太容易不經意地妥協於日常，還總是期待著下個更美好的階段、更棒的自己會奇蹟似地降臨。後來也沒有追逐到什麼，時間倒是一股勁地將這樣的我們給吞噬了。

到我懷裡
哭吧～
我可以讓你
再也不難過
？
先走咯～

咬了一口

後來發現儘管世界喜歡在我們終於提起勁、再勇敢一次時，狠狠反咬我們一口，懂得怎麼一笑而過好像是最需要練習的。

鑽牛角尖的我們其實說起來就是在一步步地掏空自己，多鑽一點，就又多老一些。所以即使拖著不完美的身軀，我們也就這樣吧，無所畏懼，繼續前行。

你愛花兒
花兒也愛你
你怎麼知道它也愛你

蝴蝶歌

小時候的世界很小。

快樂小小的，是拔完牙後的kitty貓店、我最心愛的美樂蒂戒指、在白板上為磁鐵媽媽與磁鐵爸爸畫一個家，家裡還有嬰兒房迎接磁鐵寶寶（用最小的磁鐵飾演）、爹地媽咪的一句「你最棒了」、放學後有媽咪買的7-11雞塊當點心、是一首「你愛花兒，花兒也愛你」的蝴蝶歌；傷心也小小的，說來都是一些用哭就可以解決的事情。

那個時候的世界小到「自己」大概就把它塞滿，我們在意識到生命中不是只有自己之前，都不停地在學習認識自己，與自己相處。

國小的音樂老師曾經說過我們正處於一生當中的「黃金時代」。她對著我們這樣說，可我們看進她的眼光中好像也看不見什麼，無法想像所謂的黃金時代到底是什麼。她也很老了，她的黃金時代和我們也一定不同。

對於國小的我來說，怎麼樣我都不覺得自己正處於人生中的黃金時代，難道人生中的黃金時代就只是這樣嗎？請隔壁的同學不要超線、和好朋友一再確認彼此是彼此的最好、永遠看不懂班上幼稚的男同學在做什麼。

這不可能是我的黃金時代啊。

既然還沒抵達，長大的步伐勢必要往黃金時代去的吧？我這樣想。而我確實深刻地感覺到，長得越大，與我的黃金時代越來越近，越是自由，也越是自在。我們沒有再被動地接受那些命定似的運氣，而是開始為自己勾勒生活，每一步都想要它們可以往理想的樣子走去。

長大是一件我們不會去談，直到真的已經長大才開始聊起的事。這樣一來，一切都好像可以假裝成曾經發生在別人身上的事一樣，能把它們當故事來說，還知道怎麼把它們說得精采、說得好聽。

其實不只是說小時候，其他事情也都一樣。每次提起，都再反覆地確認自己與那些事情的關係：能被談起的都是我們決定可以碰觸的事情，至於還不打算說的，是因為每說一次，都還會痛。

不會真的有那一刻我們會很有把握地說自己長大了。只是會有這麼一天，發現自己開始懂得找一個天空蔚藍、上面鋪著一朵一朵小小的棉花糖雲、陽光不刺眼也不發燙的一天，在城市的一個適合自己的角落駐足，盯著一棵樹卻不覺得無聊。

他會有著粗壯的樹幹，看來堅毅卻又柔軟；他會有著向四處流竄的枝條，看似繁忙卻不慌張；他會隨風搖曳，找到和其他花草一起流動的節奏；他會無限將自己往外延伸，不會太尖銳，試著去理解那些未知，因為他知道每一步都是自己還沒到過的地方。上面並沒有盛開的花，但我可以看得見他花開滿滿的樣子。

成長是一段由自己出發，最後卻可以擁抱世界的過程。然後我們用盡全力地給出自己，直到快用光所有力氣時，又迫切地希望仍有把自己還給自己的能力。

長大其實也不是美好的事情幻滅，是用我們小小的軀殼，在闖蕩之間也練習承受世界的重量。其實好的事情都還在，我們也會蛻變，即使奇形怪狀也沒關係，會有一段適合的旋律，我們能平淡地唱，依然快樂。

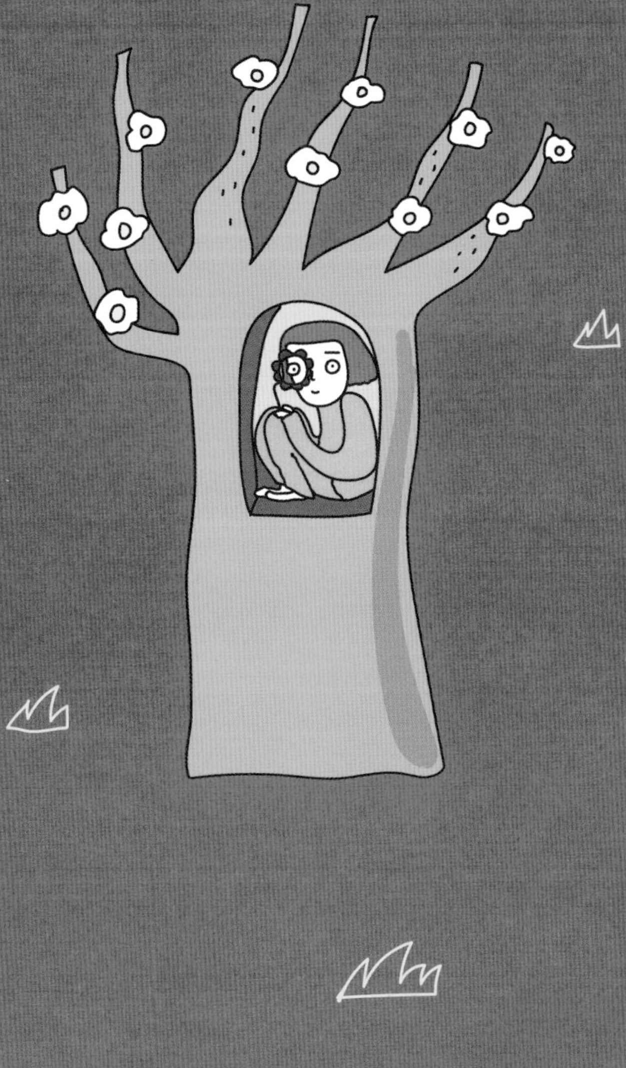

記憶花

「你最近好嗎？」

可是世界上的事都存著一體兩面，真的能這麼輕易地回答出來好不好嗎？

會飛的鳥真的好嗎？

在天上無憂無慮地飛，全世界都希望擁有那樣的魔法——因為我們以為飛翔等於快樂。但他會不會其實正擔心著這片太大的天空會無預警地害人走散，或萬一真的和心愛的人走散了，再相聚的時候我們都已經老了又怎麼辦。他會不會其實也不享受被人觀看，因為一切都太過赤裸了，他沒辦法在合適的時間說謊，所以即使已經努力地包著一層他其實不那麼喜歡的保護色，還是無法不受到傷害。

巧克力蛋糕真的好嗎？

巧克力蛋糕是世界上最驕傲的食物，它享受著世界級的愛，然後把那些愛都視為理所當然。所以也理所當然地，對於這些愛它也並不會給予回報，也包含沒有給我。我的確很埋怨它，因為它明明是那麼美好的，美好到我好像把一整個青春都給賠上了。二〇一九年底我和它道別，即使女生和甜食幾乎是絕配，我承認它和我就是不配的。

至於愛真的好嗎？

被愛著的時候，我們彷彿不再需要那些我們一再用力證明自己存在著的事了——因為被愛的時候我們真實地存在著。我們愛上一個人的時候，也喜歡那些神奇的變化。像是他的一句早安好像比咖啡因還讓人提得起勁；像是手上讀著的書根本和自己毫不相干，但因為他喜歡所以我也喜歡；像是走路很快的我有天突然發現自己竟然可以慢下來。可是愛有多大的能耐可以撐起一個人，就有相對大的力量可以撕裂一個人。當愛的人離開，那些變化我們也不再喜歡，我們根本不可能在愛裡變好。當拆穿愛的可怕，我們連笑的時候都不一定是真的在笑了。

所以最近好嗎？回答得出來嗎？

我其實一直都好，唯獨想起你的時候不好。更討厭有些時候的自己，還想確認如果世界上的事真的都有兩面，那麼你的離開，能不能也其實可以留下來。

你知道這些樹是什麼種的嗎？
是你沒說出口的話

森林

那些沒說出口的話，在一段時間後就會被換算成距離。

每一句話都是一個種子，經過那樣的時間，它們都會長大，然後長成了一片好大好大的森林。

而我會循著空曠草原的那端走，不會去森林的那頭找你。

有沒有一段
關係
能彼此
牽絆
又還是
可以自由地飛

風箏

每段關係多少都不自由，多少有所犧牲。

然而那樣的牽絆與為彼此做出的妥協，在夜深人靜想起的時候，卻會滿足地嘴角上揚，心裡忍不住非常非常、非常的感謝，感謝能有這麼一個人，作你的羈絆，伴你這生。

我帶你去
我最喜歡的海
以後常來吧
它會一直在這陪你，
我不一定。

喜歡與討厭

關於事物的喜好是這樣的。

我討厭冬天又濕又冷、討厭到不了盡頭的路、討厭沒有節奏的歌、只在晴朗時才去海邊。

而你的魔法是，讓冬天的濕冷變得不討人厭。本來走起來太長的路，你也把它縮短了。你給的歌是最好聽的，在重複播放的清單裡永遠聽不膩。那片海也無論何時都是是最美的藍色。

而在你離開之後，這些我們一起喜歡的事也都跟著一起離開了。那些事情不能去聽也不能去碰。這就是為什麼愛可以把人掏空，然後留下什麼都不剩的我。

從今以後，把太寶貝的東西留給自己，太美好的地方也自己去，以免一個不小心，又被一個離去，撕裂自己。

我有很多話
要跟你說
什麼
.....
那我要開始
說了喔

面具

我還是會戴起那個面具
在我最不像我的時候
在我最彆扭的時候
在我最不喜歡這世界的時候
在我只剩下我的時候
請容我就戴著這個面具
無論看起來多不勇敢

面具背後的我　依然是我

請聽我說

我可能會跟你說天氣　那可能代表關心

我可能會跟你說海　那可能代表想念

我可能會跟你說大道理　以遮掩我所有的不安

「今天天氣晴朗，適合去海邊。」

意思是

「沒有你的任何一個地方都不夠好，

我想念你。」

記憶花

那些美好的回憶是再也不會長大的花，如果不去努力灌溉每個細節，它們都會輕易跟著時間一起老去、凋零、最後徹底死掉。

就好像它們從來不真的存在過一樣。

而我知道這麼做的人不會是你，所以只剩我一個人，用盡全力保護它。

你不要怕
我會一直在你
旁邊
陪你說話
你會一直在這嗎
那我換個地方.

我換個地方

那些好意，在這個時候都顯得自以為是跟多餘。

以為善意地給予陪伴，但世界未必真的跟你一樣孤單。

沒有交集的對話提不起勁，不一樣的兩個心，無論如何，都走不在一起。

我覺得
我快要垮掉了.
我一直都是
垮的.
我以前長這樣.
但你遇到
的是這樣的我
我喜歡
這個你.

垮掉的你和垮掉的我

即使我們不見得幸運地能以自己最好的模樣那樣無缺憾地相遇。即使是不小心都垮掉的我們，也不怎樣。我依然會這樣喜歡你，就像你也這樣單純地喜歡我。

請記得這最美好的時刻。這樣子的我們，無可挑剔。

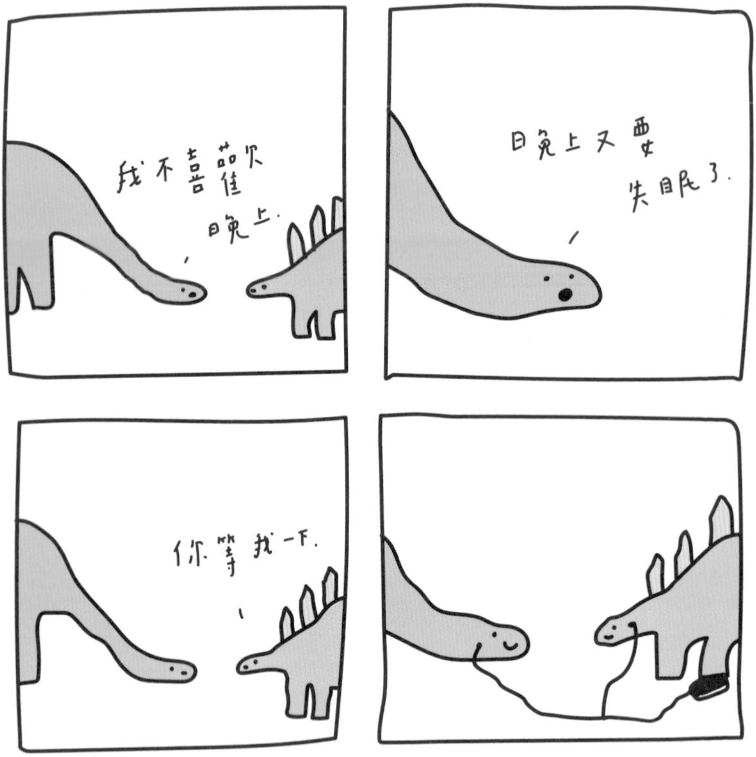
我不喜歡晚上.
晚上又要失眠了.
你等我一下.

一整個世界

那我會送一首歌，輕輕地陪你。

有時候我們能給的，小小的，

可是有時候，它也可能是一整個世界。

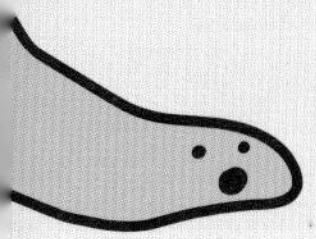

你會一直
一直一直陪我嗎？
會啊
一直一直一直

珍珠奶茶

在高中的數學課，我記憶最深刻的數字是四，是數學老師在傳授我們找尋真愛的秘訣：第四個會最好——不知道他後來結婚的那個人，是不是真的是他的第四個。

第一個一切都很單純和天真，或許說天真過了頭，所以最快樂也最痛。那個時候我們並不知道愛嘗起來並不像巧克力一樣甜，不知道愛不一定會讓人變得更好，不知道怎麼樣才算一百分的初吻，不知道在哪個地方說「我愛你」三個字才最浪漫。我們什麼都不知道，但是把什麼都放在心上最重要的位置，毫無保留。

第二個是想要在愛情考卷上拿一百分的戀愛。自以為曾經戀愛過了就沒什麼好怕的，談戀愛不過就是一加一個人的事情，有自信可以在愛裡做得很好，卻還是把一切都搞砸了。會在這個時候看清一加一還真不等於二，不是一個人對上另一個人，而是一個世界對上另一個全然不同的世界，接受不同然後努力在這之中尋找、創造交集。這裡頭總有回答不完的問題：該怎麼維持著相近的時速共同浮沉、該怎麼適度地表達自己而不至於傷人、該怎麼在一個世界都自顧不暇的時候，仍然有另一個強壯而健全的心臟去承受另一個世界的重量。

愛很簡單，是在相處之前簡單。

愛有著撼動宇宙的力量、能讓宇宙萬物皆心花怒放、然後又將它們在一系之間全部炸毀的能量。愛——真的太難。

第三個在愛情來了的時候會讓人覺得一切都對了，這時戀愛已不是兩個人在談，而是兩個人再加上一個內心裡自以為在感情裡成熟不少的愛情專家，時不時地在加入這場戀愛：對，這個時候我應該要這麼做，這樣一定會顯得比較體貼；不用太黏，太黏是小朋友的戀情；這一次，一定要練習用心傾聽。就當以為在愛裡變得更好的同時，愛還是不在意我們這一回已經演化成多善解人意、多不錯的戀人，就這樣說走就走。

不管數學老師說的是不是真的，我的理解盡量簡單：世界是一個深不見底的鍋子，我們拚了命地在裡頭攪和，想要在裡面當個品行還算不錯的黑糖珍珠。然後命運把一百多顆珍珠分配到同一個杯子裡，那裡面是我的一生：有我與一生中所有愛的選擇。所以人的愛有限，一生中最多就只能在乎這麼多人而已。而這數量分配得剛剛好，因為真的能相遇而相愛的少之又少，數學老師口中「最好的愛」就是那個在一個一個因為各種原因、主動或是被動離開的人都走光了之後，到最後一刻，還跟我一起沉在杯底的人。

只是這個幸運四理論最後還是被我推翻了。因為在愛過以後，才會深刻地覺悟到愛的魔法是在於：在愛的時候，即使我們這一次決定要愛得有所保留，可每一次還是用每條肌肉、每塊細胞、每道血液在談戀愛。即使我們想要聰明地愛，我們還是愛得像笨蛋。在每一次面對愛的時候——我們都會毫不懷疑地相信眼前的那個完美無瑕的人就是那最後一顆珍珠。

儘管我悲觀地看得見自己就是最後一顆沉在杯底的珍珠，認定我們就是這麼容易會一個不小心變回原本那個孤單的人。我們終將花一輩子的時間，一次又一次體會我們的這一生總是來不及跟最愛的人道別。

可再談一次戀愛，我們還是會再次奮不顧身。每份情感，都愛得很真，都是真愛，拿出最後一次的勇氣，為自己勇敢。

你對我
這麼好，
我卻沒把握
變成你
喜歡的樣子。
只要你是你，
就好。

我愛花兒花兒也愛我

面對自己太喜歡的人，常常很多事情會被放大，自己就這樣變小了。小到無法確定他是否看得見，所以就加倍用力地試著把自己變大，把笑聲變大，把說話的聲音變大，把我的好變大。

可是真正喜歡你的人，不會讓你感到自己變得渺小，反而會讓你知道你的存在本來就是他生命裡最有分量的那個幸運。你不用刻意、不用努力，不要拿出太勉強的笑。

即便後來，花瓣不是他最喜歡的那個顏色，即使花瓣不小心有什麼不好看的缺角，他也會對你說：「只要你是你，就好。」

我給的愛
像什麼
六月的太陽
很溫
暖
吧
也很短暫

地球上任性的存在

室溫下的冰淇淋
真花　煙火的尾巴
梅雨季的太陽
雪　冬天吐的白煙
披薩的溫度
日出　日落
流星　你

這給你.
我也可以給你，
可是我的很小
也很輕.
因為曾經給太多了.

愛人

在某個時候，把最好的自己給了一個人。在分開的時候，一部分的自己也跟著一起走遠。

後來你說你不相信愛了，其實還是敢愛，但是會給少少的、給地小心翼翼。

心的重量和空間都有限，心受傷了更是沒有什麼超能力能夠復原。在心上的每一個坑洞裡，都裝了小小的故事，那些故事我們後來慢慢不說了，但只有自己狠狠記得，當初自己是怎樣不顧一切地付出完整的心，又是如何愛人。

請你出去
我好討厭你
也好喜歡你

遺憾

我們躺在泳池邊的圓形沙發上，上次像這樣躺在彼此身邊，大概是國小畢業旅行對嗎？

我問妳那個心裡面的東西到底是什麼，是喜歡是愛嗎還是想念，還是會不會我都太過高估它了。基本上，要夠格的人才能使用這兩個強烈的字眼：愛與喜歡。

它們可以說是情感裡的最高級，我們不會輕易將這樣危險的字掛在嘴邊，有時候甚至連自己都不知道這樣是不是愛、是不是喜歡。一旦說出口，我們就會瞬間像裸體一般赤裸又沒有安全感，穿回再多衣服都沒有用，那不但危險，又沒有退路。有些太過自以為是的情感都不足以到達最高級，頂多只是比較級——我總是比他還要想他——這樣而已。而想念卻又需要時間來沉澱，太短的情感說穿了只是回憶結成塊。

妳很肯定地說，這就是懸念啊。

我知道能和國小最要好的朋友這樣躺在頂樓有著無邊際泳池的高級飯店——我們長大後的第一次出國旅行——訴說最近一段莫名其妙又短暫的感情，我絕對不是世界上最慘的人。我沒有理想的愛情，但我有仍在我身邊、仍可以分擔心事的她。

我們這輩子會遇到很多人、很多事，有些就是這樣成為懸念了。懸念只是無關緊要地懸在那邊，不好不壞，不悲傷也不快樂。它只是一個念頭，我們不去想，它就可以變透明的。但當懸念裡頭參雜了些還沒說完的話、還沒一起完成的事、還來不及有更多時間走完的路，就成了遺憾。

之於你，就是遺憾。

說說你
最勇敢的事、
...
說再見的時候、
不會難受.

再見

再見有很多種，無論是哪一種，我都不擅長，都非常討厭。

小時候我是一個愛哭鬼，除了討人厭的老么脾氣之外，有很多傷心的回憶都和分離有關。

每一段要好過的情感在分離時太痛都是來自太過依賴，不管是幼稚園老師、參加營隊認識的大姐姐、一起出去旅行過儘管只有五天的新朋友，都可以讓我捨不得說再見，無論他們是否也和我一樣。在我什麼都不懂的時候，我就知道我有多不擅長說再見了。

而再見之所以難，好像是難在它總令人措手不及，或是說可以準備好的那種再見，根本不真實存在。

儘管我討厭再見，可每一段遇見我還是任由自己可以是這樣的自己，可以情感氾濫，可以無理取鬧，可以奮力地擁有再用力失去。

即使總是不夠勇敢，但只要在再見來的時候彼此沒有遺憾，也許也能瀟灑地像大雨來過之後的天空，有迷人的雲彩，上頭仍帶點被洗刷過的痕跡，仔細地看，就可以看到一道彩虹，像在細數著我們的回憶那般。

這樣一來就算是再見，也不會註定是難過的故事了。

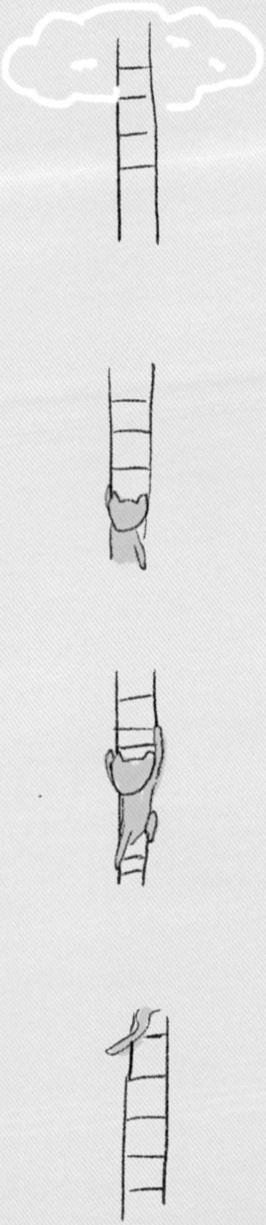

今天

我們住在雲上，

好不好

一個孤獨的靈魂帶著一個傷心的故事，不知不覺撞見能與之交會的另一個溫柔的心。這世上不存在孤獨的人，因為每個人都是孤單的個體。

所以你並不孤單，我想這個世界也不是只接納快樂而已。

倘若我在那裡遇見了你，我會跟你說，你的快樂與不快樂都無妨，即使這是你的第一百零一次墜落，我也會和第一次一樣，都能那樣接住你。

好
好的
我一點都
不好

登高

關於人為何登高。

簡單來說，因為山路再怎麼難，都沒有人生難。

山路雖然令人敬畏，一步步踏實地走卻也比山下的事都來的安心。山頭裡藏匿的每一塊風景都不會說謊、也不懂背叛。只要努力地往上爬，它們都在。

這是世界上少數有付出就一定收穫的事情。

大自然的療癒能力，也是千真萬確的。因為平凡的我們，對於很多事情都還要不到答案，在對錯分明的世界，用自己的眼界判斷是非。也許這樣的我們，也真的比較適合放到大自然裡。

而在每次登高後，我們回去遊走在平坦的日子裡。

我們就這樣，繼續努力，在生活裡找呼吸的節奏，然後挖掘美麗的事情。

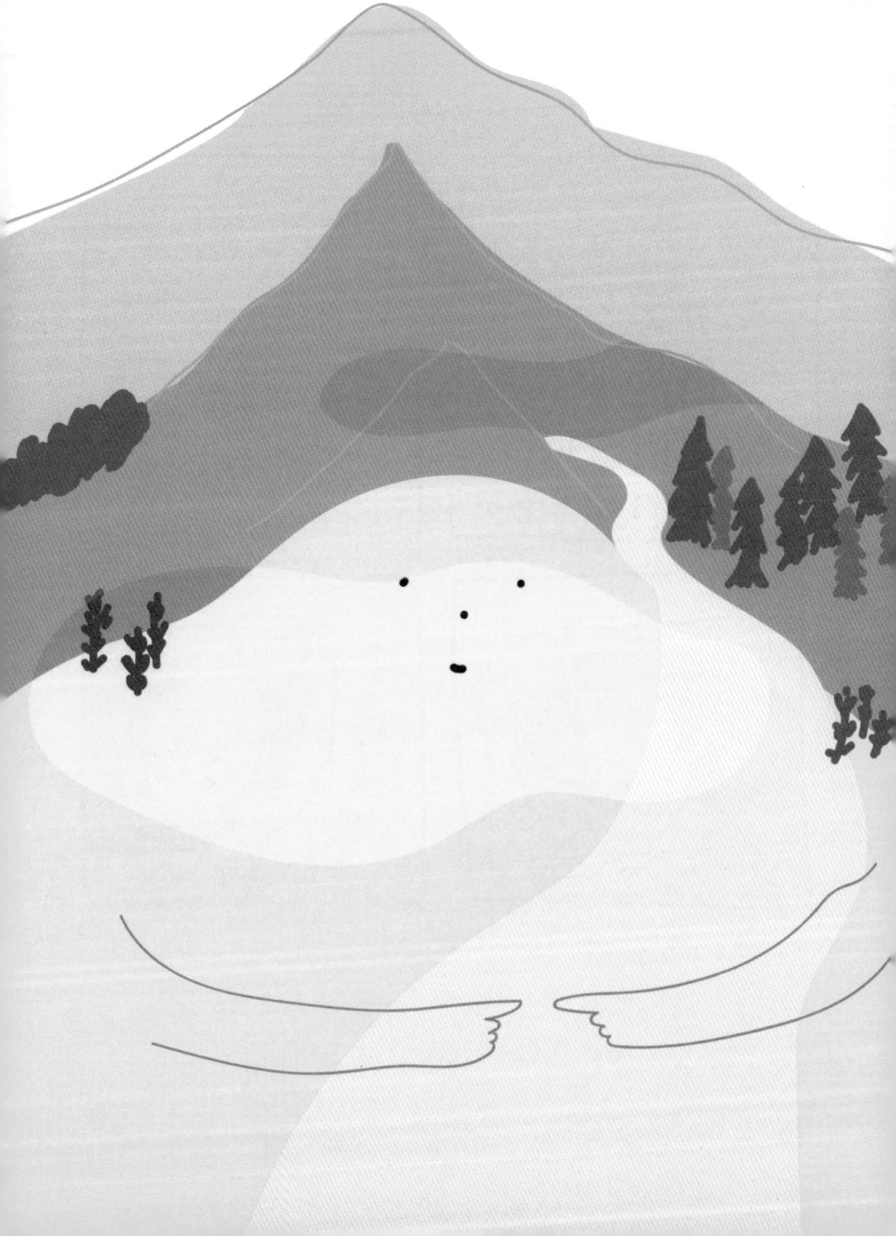

什麼都不做的時候
我會良心不安
不要殘害你的良心

生活

心是一個敏感的東西，最麻煩的事情就是她假裝不來。

任何一個渺小的細節都逃不過她尖銳的眼睛，任何一丁點的想法她都可以深深聽見。更別說從腦海裡掠過的各種細緻的情緒與感覺，即使我們可以忽略，她都在誠實地一一接收。

焦躁和不安漂浮在身體裡，其實並不容易被察覺。它們很安靜，像是小偷一樣潛入，嗯，應該是神偷一般，偷走的東西我們通常不會發現，而且還任性地否認有小偷來過。當把看起來可能被移動過的家具稍微擺一擺，檢查一下確認警報器並沒有壞，我們又繼續這樣假裝沒事，正常生活。

生活這個詞看起來很有分量，其實門檻很低。只要還在呼吸，就還有生活。每天吃起司蛋餅配早餐店奶茶是生活、低著頭都可以順利地在捷運站裡從藍線換到文湖線是生活、朝九晚五或者沒日沒夜的工作都是生活。那些不知不覺中囤積的習慣，細碎而時快時慢的日常節奏，都是構成生活的一塊塊拼圖。

為了更好的生活，我們當然會時常檢視自己的拼圖，然後試著做些改變，然後再被忙碌和緊湊打亂。

對，我們通常對於重整人生，一點辦法也沒有。

也許想要過上自己喜歡的生活，沒什麼別的秘訣，就只是要更認真對待自己內心的聲音吧。只是如果讓自己長期深陷在過於緊繃的狀態，是會忘記去聽那些聲音的。

在忙碌的生活裡，練習深呼吸，練習靜下心來，放空自己，這些事情有時候比把很多事情好好完成還難。能收放自如、游刃有餘、不被任何事情綁架，才是理想生活。

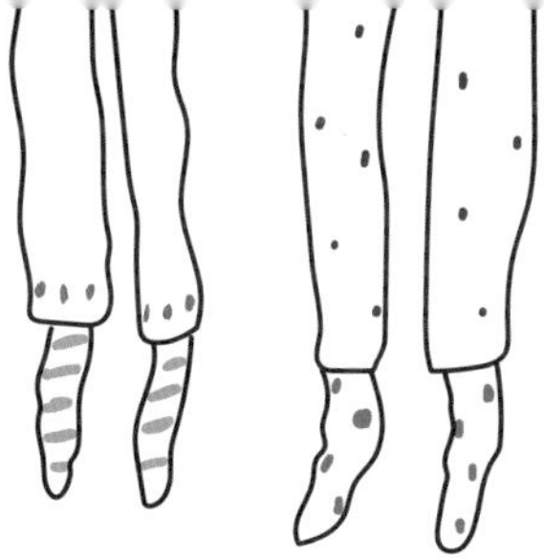

你是誰
太陽
誰？
喔—

太陽先生給谷底的一封信

有一天一覺醒來，我沒有在發亮了。

全世界的人抬起頭，它們嘴裡都準備好了要對我說的台詞：「不用擔心，不是你的問題。只是烏雲偶爾會飄過來把你遮住而已。」只是當他們看向我，發現天空半朵雲都沒有。

我本來打算任由自己不用假裝鎮定，就用力地慌張起來吧，反正我擁有一整個世界，能放聲和他們求救。我沒有這麼做，當我發現他們看起來比我還要慌張。

在這樣的世界裡，好像沒有適當地發光發亮，是不行的。

陰著的天也不代表世界就是末日。更何況沒有半朵雲，還不會輕易地下起雨呢。

雖然世界變得不一樣，可是我卻有了很多新鮮的體悟，就像突如其來賺到一場假期一樣。當將此時此刻的自己沉澱下來，神奇的事情發生了。我開始看見了平時被太刺眼而雜亂無章的光芒刮花的風景、聽見了流星準備墜落人間的聲音。這些事情也許未必是前所未有，只是被忽略了。

我的視野永遠貪心地裝滿整個宇宙，卻常常忘記自己只是宇宙中的一顆星。

你們知道嗎？日光要花上八．三分鐘才能傳到地球。要發光已經夠難，還要維持著熱度與亮度，費盡千辛萬苦，克服了好遠的距離和大氣層，為了照向自己以外的其他地方。

生命有不同階段，起起落落。當我們跌落谷底時，總是一股腦兒地想盡各種辦法往高處爬，卻沒有想過能到達谷底，也是另一種不可思議。在谷底的人，就別管平地上的事了，大步地在谷底裡探索吧。我相信那裡有天有地，也有新鮮空氣，甚至還有另一片宇宙，等著被人占領。

我們不用好起來。

不用試著用盡各種方法來讓自己正常，無論如何，這樣的我們都已經很好了。

—大海是多努力
、才如此遼闊的
他看起來—
也曾經流了很多—眼淚吧

壞眼淚

眼淚會不會不一定是壞人

當眼淚在眼睛眶眶

開始一點點悄悄地累積

通常總覺得盡量不要引起旁邊的人注意

我們不知道那好不好

就認為眼淚是壞的

因為知道它只會讓我們看起來有一點糟

至少深信世界不會想要你看起來是這個樣子
所以盡力隱藏
隱藏久了大家都變成了堅強的人
自以為的堅強
假的堅強
可是大海在成為這樣的大海之前
一定也哭了不少

那些哭泣的故事
終究慢慢成了老舊的故事
我們也不會一輩子在意
有時候甚至也不會去過問了
過去就讓它過去　好像真的有那麼一點道理
我現在還不知道自己是什麼
只知道很多時候

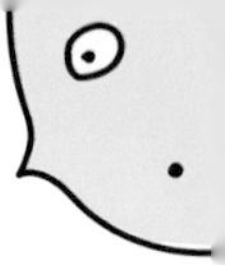

想哭就哭想笑就笑原來就是一種對自己好一點最簡單最直接的方法

不用扭扭捏捏

不用加以修飾

如果盡力地用誠實的方式對待自己經歷的每一個時刻

最後我們也會找到自己最真實的模樣

而我們會喜歡那樣的自己　那樣的樣子

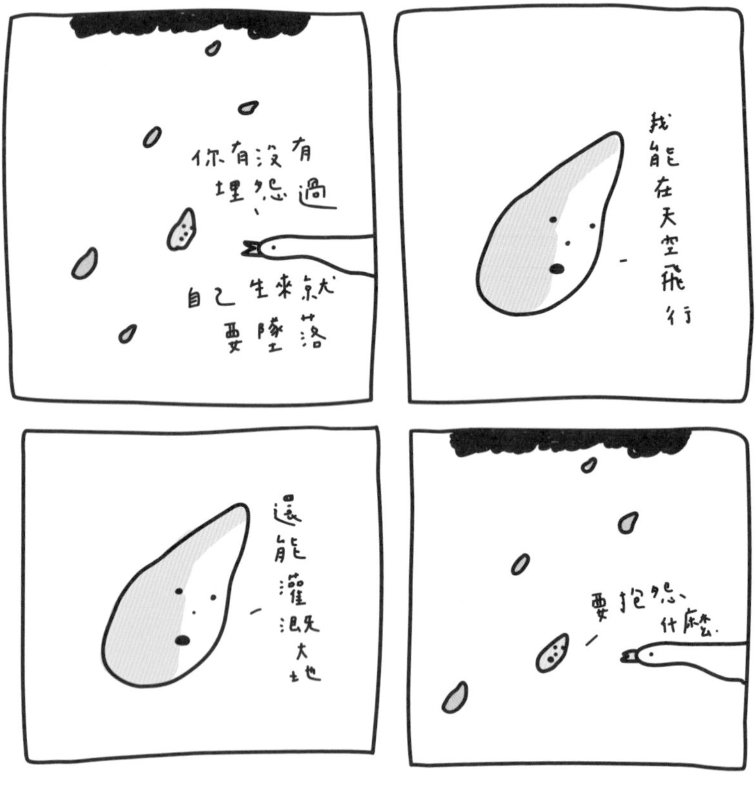
你有沒有埋怨過、
自己生來就要墜落
我能在天空飛行
還能灌溉大地
要抱怨、什麼

回診

今天去回診。

不喜歡回診的日子，不喜歡要回去打針，不喜歡像這樣被提醒自己有著比較不健康的那種身體，一個月一次。

第一次回診，什麼都不知道。排隊排錯，換了一個地方等，等了一輪又等錯了窗口。當地球人不容易，當生病的地球人更不簡單。除了要戰勝病魔，還要戰勝醫院——醫院是我覺得世界上數一數二複雜而混亂的地方。明明不是我的專長，我卻在今年已經不知道去了幾次。

在等藥的時候我放空著，一個拿著拐杖的身影晃入我的視野裡，有好多問題在腦中一閃而過：他發生了什麼事，怎麼其中一支褲管裡就這樣空空的了；像是他這麼不方便怎麼沒有人在他身邊陪著。有時我們聽別人的故事、看別人的人生，那重點都不在於要替他人的人生畫下怎樣的輪廓、投下怎樣的情感。有時別人並不需要我們的豐沛情感，尤其不需要旁觀者的。就如同前些陣子接了一個案子，需要去了解性侵、性騷擾等性暴力議題。那幾天我覺得好難受，那是在我能力範圍之外的事。我做了很多功課，走一條血肉模糊而坑坑疤疤的路，如何不開起太過光明的燈，而要在黑暗中摸索，然後用溫柔的耳朵去聽、用溫柔的眼睛去看、用溫柔的嘴巴去說。有那麼一篇文章用很嚴厲的字眼奮力地寫著，一再地用「被害者」的角度看待那些曾遭受性暴力的人，對他們來說也算是暴力。

很多時候，我們往外看，都只是更走向自己心裡一點、更喚醒了潛在於身體裡平常悶不吭聲的感受一些。看向那位拄著拐杖、一個人緩緩找張椅子坐下的那個人，我只覺得無論今天打針有多痛、無論這一次副作用會多可怕，這一刻我都不是一個人。我沒有轉頭看向在一旁陪我一起等、一邊滑著手機的他，但我內心是這麼想的。可即便我喜歡他在身邊，他卻說他只想活到三十五歲，跟貓一起走。

（此時他根本還沒養貓）

醫院裡的混亂通常還夾雜著一些對於醫護人員有點恐懼的情感。因為我是個容易搞不清楚狀況的人，在高壓又無法休息的環境之下工作誰也不能多容忍一秒我的無知，所以我常常被兇。抱著準備好被嚴格對待的心情走進著注射室，像是乖寶寶一樣奉上像是被放大燈照過的針筒——比平常打的針都來得大——以及我的健保卡。

「什麼時候要結婚？」護理師開始和我閒聊。沒認真看也知道幫我打針的護理師是——有繡眉、紋眼線，每週固定上已經去了三十年的髮廊洗頭，吹固定髮型——的那種漂亮阿姨。這當然不是真的，她是護理師，應該不會這麼有空。「之前打針會痛嗎？」這時她已經將針頭對準我的肚皮。

「剛開完刀用了很多止痛，當時一點感覺都沒有，可是我不知道這次會不會很痛。」不太怕打針的我面對從來沒看過的大針，真的很怕。

結果我打了史上最久的一針，原來那個痛是可以被分散的。她一邊和我說話的同時，一邊輕輕地將放在針筒上方的手指多往下面推一點點。

「是有點刺刺的，不是痛對吧？」她大可以一口氣打完，痛的並不是她。此刻我覺得這個注射室可能是這間醫院最和平的一個地方。

希望下次我還能遇見她。

「我下次還要再來找妳打針喔。」

「看我有沒有退休再說吧。」

也是，她一定覺得自己已經在醫院待一輩子了。

那天是感恩節。我原本把自己設定成一個要回醫院打針的可憐鬼，離開醫院時的我已經和剛剛走進來的那個不一樣了。對於我所有的遭遇，心存感激。

如果你需要
肩膀在這

小山的肩膀

軟弱的一面是不是跟秘密一樣怕被人看穿，所以我們總不會輕易地向人伸出援手，甚至會在崩塌之前不找支撐自己的方法而是躲起來，躲得越遠越好，好像自己一個人崩塌就不算崩塌一樣。

可是幸運的事，還是擁有這樣幾個親密的人，會在那些難堪又彆扭的求救訊號被說出口之前，就已經在身邊，又或是他們就是不曾離開過，讓我們可以放心地依賴，然後放心地崩潰。

也許這樣的過程並不那麼悲慘，也沒那麼不堪。把它當成一次蛻變，也許我們某一次就真的能從毛毛蟲變成蝴蝶，可以用我們沒有想過的方式飛，然後真的離自己嚮往的天更近一點。

可能所有不那麼順遂的小事，都就為了讓我們好好長大吧。

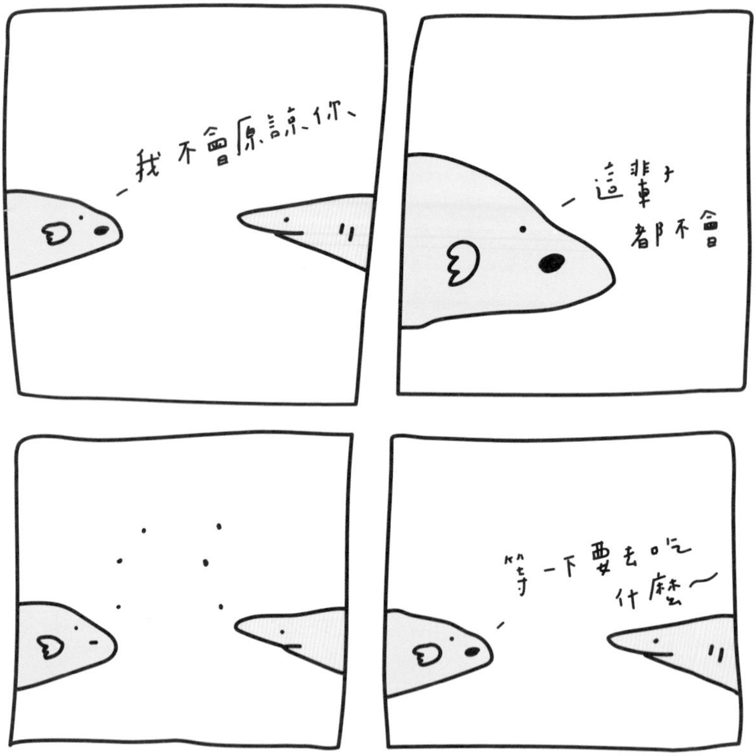
我不會原諒你
這輩子
都不會
等一下要去吃
什麼～

魚的七秒記憶

跟魚不一樣，記憶力太好的我們，就決定把很壞的事都鎖在盒子裡。

盒子是透明的，外面有好幾個鎖。不去看、不去開，盒子其實就好像不在一樣。

後來發現盒子不但藏不住，也其實再也裝不下了。更糟的是，大概以比整理房間的週期更久的頻率整理盒子時，那些事情彷彿都加了防腐劑，還跟新的一樣。然後房間裡只有完好無缺的它們，和不再完整的自己。

我今天坐在
電腦前
一整天
卻沒真正
完成
幾件事
我活了好
幾年
也沒真正
完成幾件事

大漩渦

我們都想當厲害的人，卻常常陷入糾結付出與收穫的大漩渦裡，轉啊轉啊，頭腦都變得不清楚，忘記自己到底是為了什麼而前進。

我會說，那就睡一場覺、喝一杯酒、聽一首歌，看能不能幸運地在某一瞬間，找回自己。

雲好快樂哦
你快樂的秘訣是什麼
要懂得難過就哭啊

快樂的秘訣

有時傷心積成厚厚的烏雲，但不急著把它們吹散，學會和悲傷相處，也練習把它們消化為雨滴，跟著眼淚流過心臟最深的地方。

因為傷心需要像這樣認真被看見，也需要跟它好好說話。也才知道烏雲並沒有不好，反倒是努力地撐起整片天，和我們一樣，期待著透出黑暗的光芒。

大家看到我就跑，
你為什麼
不跑？
那些會
逃跑的
人，都不
是真的
絕望的。

逃跑的人

也許逃跑並沒有關係，也許我們生來註定要逃過一次的。

讓自己從一個地方徹底地消失是逃、一個保持禮貌但心裡其實不好的笑是逃、沒有對自己誠實而撒下的謊是逃，事實上做一件自己不喜歡的事情也是逃跑，每個人都逃過，或是正在那條路上。可是逃跑的原因常常是因為心裡還有其他想要小心保護的東西，在真的毫不在意的那刻，是不會有力氣逃的。

給那些還在逃跑的人，慶祝沒有直接被現實裡與自己不相容的稜角給刺穿，也許真的差一點就要弄丟了心臟。可當心頭上還有在意的事，逃的時候好像也就是換個方式在追吧。無論想要好好保護的那個東西是什麼，先謝謝自己仍有那顆還算是溫熱的心，然後要再加倍努力去往更深層的地方看去，那麼無論是前進或後退，都至少不是停留在原地。跟著自己的心，能時時刻刻誠實，無論對任何人，或是自己。

今天
你可以
遮一下
你的光嗎
也許
我也有
我自己發光
的方法

一場不可思議的實驗

一天二十四小時，如果把時間換算成空間，一天就成了一條可能長度二十四公尺的玻璃管子。

裡頭竄著很多很多的舉動、想法和決定，它們都被透明的泡泡包著。這些泡泡守規矩地排排站好，好像知道自己該什麼時候移動到什麼位子，就像在精準地跳一支舞。裡頭的波動不多，看來忙碌卻很平穩，因為泡泡們不喜歡冒險，他們看似有條理的一舉一動跟昨天、前天、前年、十年前都是一樣的。

在這樣的宇宙裡，只要泡泡沿著軌道好好地走，就可以很輕易地快樂，也沒有什麼大不了的煩惱。泡泡也很享受自己是透明的，看出去的視野無限好，好讓他們看遍世界。

可是這個玻璃管子事實上正在進行一場不可思議的實驗。

不確定那些不同管子裡頭的泡泡有什麼不同，但很確定的是很多不可思議的決定、不可思議的時刻、不可思議的想法，都是泡泡在管子內爆破後起的化學變化。

之於生活，可以自在但是不能自滿，可以在舒適的位子發著光卻不讓腳步停下。如果不戳破泡泡，不可思議的時刻會不會就永遠都不會來。也許就會和泡泡一樣，很快樂地看遍世界，可永遠隔了一層厚厚的窗，即使快樂卻不曾到過那些地方。

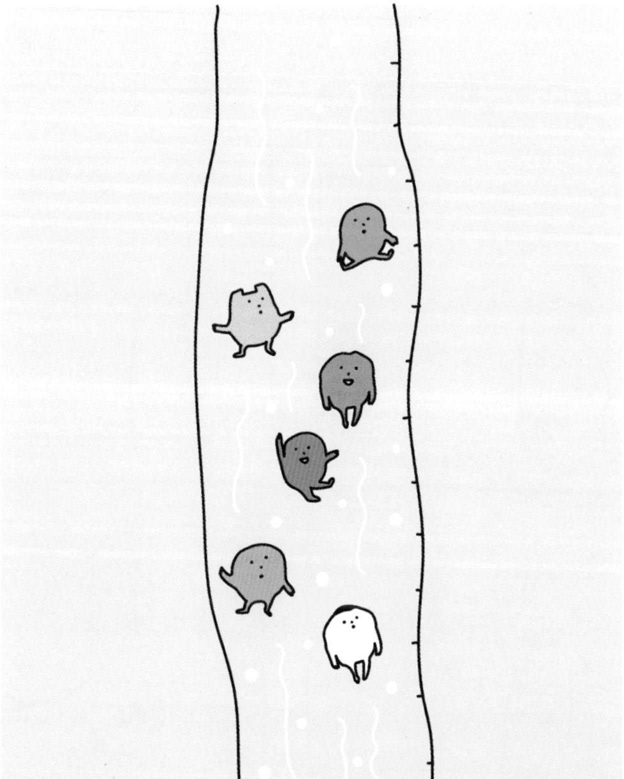

你以為，你想念的人
也會剛好在想你嗎
太樂觀了

當你看向月亮時他不會對你說謊

結果世界又要讓我們失望了

平行時空就是不存在

一旦分開了　就是真的分開了

想念的人也沒有在看向同一片夜空時

像我想念他一樣

這樣想起我

月亮沒有說謊
我們最後也總得
對自己誠實

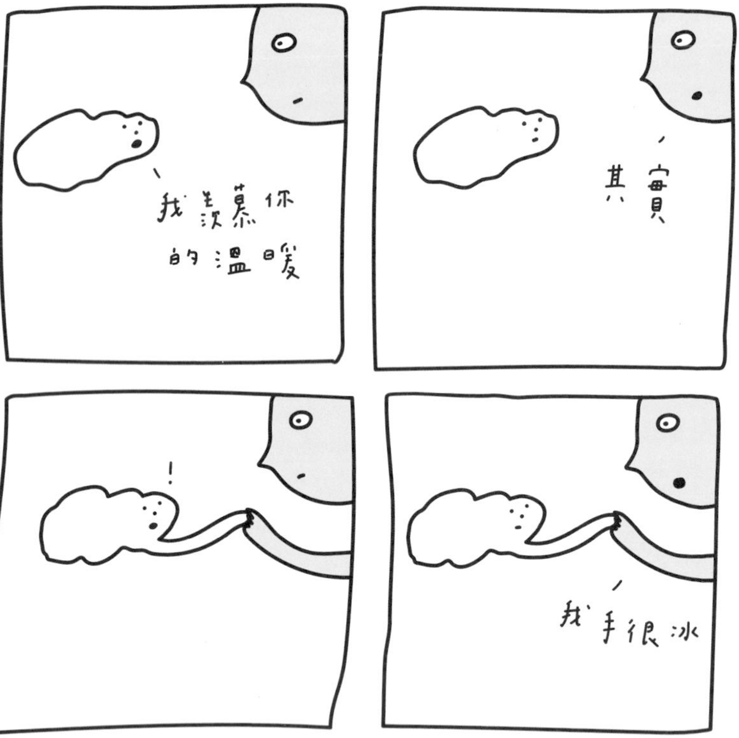
我羨慕你
的溫暖
其實
!
我手很冰

我很好

太陽不見得如看起來那般刺眼，烏黑的雲不見得有比我們多的煩惱，雪人不見得有冷血的心臟。

當我說我很好，不見得是真的很好。

我們都有厚厚的盔甲，有些秘密平常藏在裡面不說。但說了，又只是希望得到一點理解、一個陪伴和一些小小問候。

然後我還是會躲回刺眼的光和溫熱裡頭。當我說我很好，不用多說什麼，你都懂就好。

我的頭好重
我看看
你想太多了

想太多

我平常的心臟跳動速度很慢。一般人的跳動速度一分鐘是六十至一百下都合理，而我一分鐘只有五十下，甚至有時候會只剩下四十幾。

這陣子身體到處都不舒服。可能天氣變冷的關係，有天晚上只是躺在床上，我就感覺到呼吸的時候帶有點悶悶痛痛地感覺，我還害怕我就這樣死掉了。後來就去做了二十四小時連續心電圖。可能我對我的身體特別有實驗家精神，要做各種檢查我都會有點期待也絕不拖延。靠著把一些身外之物黏在自己身上，竟然能看見自己心臟跳動的頻率，怎麼想都神奇。戴著它們的整天我都緊張兮兮，還時時刻刻登記筆記，像是幾點幾分不小心撞到了它們、或是幾點喝了咖啡，如果那時候心跳加速，那就是因為咖啡的關係。

後來依據檢查的結果，我的一天中有好幾次明明沒有在運動，心跳卻會自己達到一百三、一百四十下。

「你想太多了。」醫生說。

把頭腦塞滿的時候，心臟也會跟著緊張起來，緊急開始工作。而我一天大概就有好幾次達到這個高峰，意思是我的大腦不停工作，心臟不停工作。

「要練習深深地呼吸，然後把氣憋住，再慢慢吐出來。」

「所以我其實是心裡有病哦。」我開玩笑跟醫生說，也有可能是真的。我都不知道自己是在看心臟醫生，還是在看心理醫生。

有次在書店看書，我拿了一本那種教人如何不再焦慮緊張的書。書中寫著把待辦的事情寫下來，一件接著一件，可以讓人踏實地多，而我也總是有在這麼做，但沒用。所以顯然把該做的事情視覺化不見得是讓內在一直跑個不停的焦慮小人舒服點的辦法。

也許有時候我們並不需要那些密密麻麻的計畫和那些過度的安排，不需要按部就班，反而是要適時地放棄一些手裡緊緊抓著不放的東西。否則我們總是一個不小心，就讓滿出來的計畫和思緒，給拖住了自己。

我覺得一個人可以擁有兩個身分：一個是超人，另一個是一個廢物。

超人不太讓人費心，他就只管負責衝刺就好了。反而那個廢物，比較需要花時間和他和平相處。也許他會在適當的時候，拉自己一把，救自己一命。

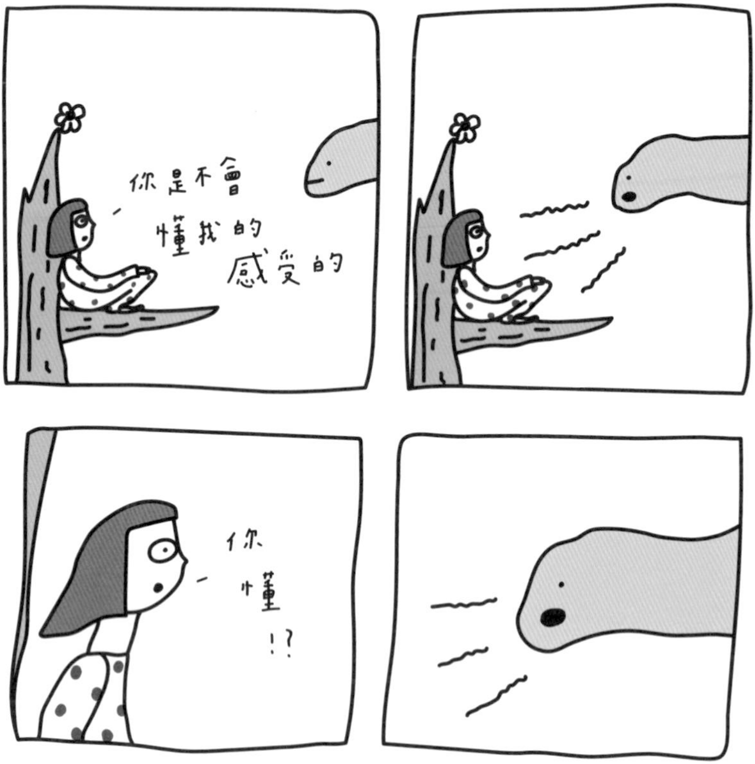
你是不會
懂我的
感受的
你
懂
!?

恐龍不會說話

覺得世界不懂你都是你自己說的。

因為把世界推開之後，蜷曲成什麼樣子都不用經過世界的同意了。這種時候倒是自在的多，太融入一個地方往往又會太容易受傷。

可我們又會再一遇到可能理解自己的人時，就好像幸運地看到浮木一樣，還沒搞清楚他的好壞就緊抓著不放，不是我們多單純或多有感情，這有時也只是自救而已。就在那個時候，我們倒會很自信地偏袒著他，不顧一切地相信自己是被理解著的。

無論哪個方法，都有可能受傷，但如果因為怕受到傷害而不做出任何決定，最糟的也許是好像沒有活過一樣。

所以什麼都是自己覺得的，而且也成為了我們的那些作為，然後帶我們到不同的地方。我相信命運有安排，卻也深深相信每個人都可以自己決定之後會發生的每件事情，因為都是從自己的眼光出發。

世界不懂你是你自己說的。那也可以說說別的，說點收到的在乎，說點今天的快樂，說點新的願望。

我們怎麼說，我們也就真的會往那樣的世界走去了。

我喜歡勇敢的自己，
喜歡自己，有時候好難

害怕的時候

害怕會讓我們變小，形體變小，力量也變小。

站在月台前，趕不上的火車最可怕，尤其是下一班還要很久的那種時候。若是生活在魔法世界裡，找不到九又四分之三月台最可怕。如果我找不到，我會假裝肚子痛而沒趕上火車，而不會讓人知道我其實有推著行囊衝撞磚牆然後被反彈回來好幾次。魔法世界裡，天不怕地不怕的是麻瓜，因為什麼都不知道會讓我們勇敢，還會過得比較好一點。

站在游泳池前面，溺水最可怕。在學會游泳之前，小小的我靠著手臂圈在水中玩樂。為什麼人要去明明不屬於自己的地方玩，我也不懂。明明我們沒有鰓，卻想在水裡生存，在魚的眼裡會不會看起來很蠢。第一堂游泳課我就因為還假想著自己仍然雙手擁有手臂圈的保護，然後就大膽地往水裡游了，那一刻我是全世界最勇敢的人，當然也溺水了。被救起來之後我也忘了事情是怎麼發生的，但我沒有從此對水感到害怕。相較之下，比較可怕的可能是長大後我每一次游泳，都沒有辦法想起初次學會游泳的那種驚喜感覺。

我猜恐懼的熱量來自心跳，就跟在遠行的路途上從車窗外看去的那風力發電廠一樣，用動力換取能量。我焦慮起來大概就像風車一樣失控又窩囊，還不是一個風車，是一整排的。這也就是為什麼害怕的時候心跳才那麼快，而心跳越快，又越給恐懼滋養。恐慌因此是無止盡而沒有救的。

心臟在害怕的時候會被消耗得越來越小。關於心臟膨脹和復原的方法，暫時無解。所以我們只能努力地學著和小小的心臟和平共處，給她適當的保護。有人傳授調整呼吸的方法，或是把自己放進另一個時空的深度冥想，也有人只是在害怕的時候抽根菸或是喝一杯。

然後在勇氣被用光之前，時常往裡頭看看。啊，好險，心臟還在。

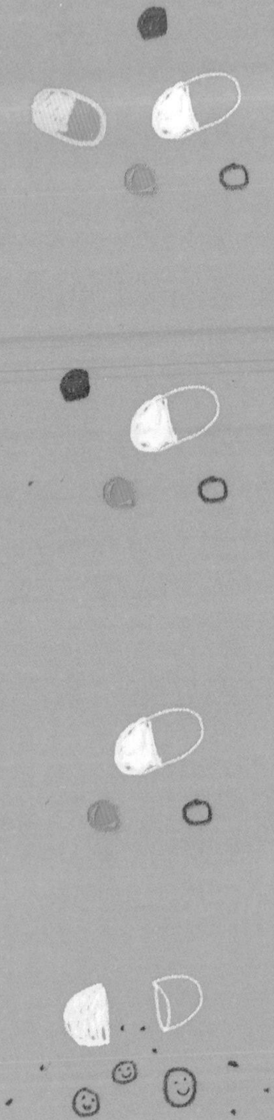

快樂藥丸

醫生說現在開始要好好補充鈣質，一天一顆鈣片，或是晒太陽台也可以，所以現在的我坐在游泳池邊的躺椅上行光合作用。一度以為我真的是花，因為蜜蜂剛剛跑來停在我身上，可能覺得我無趣無味又離開了。如果我是花，我是扶桑花，不是紅色的，是黃色的。

至少世界上還有這種少了什麼就補什麼的簡單差事，我還算幸運的。如果世界上其他缺少的東西，也可以這樣補回來就好。

想起了幾年前走在巴賽隆納的街上，發現一間像是藥局、往裡頭一看卻異常熱鬧、色彩有些奇幻的店，於是我也和身旁的人一樣盲目地進去湊湊熱鬧。裡頭一片雪白，好像《王牌天神》裡上帝會出現的那種地方。如果現在在演《王牌天神》，那結帳的就會是上帝。奇幻的不是這一地雪白，而是那面滿是抽屜的牆、以及一旁顏色繽紛的罐子。我沒有往顏色繽紛的地方走去，而是被那面抽屜牆上密密麻麻的字給吸引，這間店裡的很多人也跟我一樣，佇足在抽屜牆前許久。上面寫著西班牙文，試著用英文去理解它們，看不懂再問同行的友人。每一個抽屜上寫的都是「病症」，無論大問題或是小問題都在上面，而且都關於人生。這是一間「人生」的藥局，上方的字便是人們的處方籤——原來站在這前面的人，是在找自己的病啊。而這藥局如此受對歡迎是因為在這裡能買到不苦的藥，一旁繽紛區域不是藥罐子，而是糖罐子。「它竟然是一間軟糖專賣店！」旅行最棒的事情完全不在於規畫路途然後一一抵達，而在於路途上那些不在預料之內的驚喜。我開始融入這裡，跟著大家一起在抽屜前尋找我的病，找我缺少的東西。常常我們許的願都是自己少掉的東西，而很少有這麼一面牆可以一一提醒我們究竟缺少了什麼。站在處方籤面前，人們看起來都很煩惱。一個可能是人生疑難雜症太多，而我們用不著吃這麼多軟糖，要在心中幫疑難雜症排名實在不容易。另一個可能則是我們明明少了很多東西，卻包裹著一層人皮，在世間假裝沒事太久，要在這牆面前剝掉一層層厚重的防護，才能去發現內心深處真實的缺口，沒有人會在給醫生開藥時說謊。

「我們會變得更好吧。」走出這間店的人心裡都是這麼想的吧，因為得到更多能量面對人生，或是說更多熱量。至於我呢，那時的我好得不得了。在法國當交換學生，到西班牙度過聖誕假期，身在相見恨晚這般完美的巴賽隆納，我毫無怨言。每天都和巴賽一樣晴朗。我挑了一些最有創意的病，以備不時之需。

回想起那時候，我還真沒幾件重量太重的事壓在身上。人的日子不就是這樣，踏著輕盈的腳步出發，想像不到未來的樣子所以無所畏懼。然後那些不知不覺、後知後覺、不清晰或者太清晰的每個事件，漸漸滲進平坦的路面，一天天一點點地拉扯、捏塑著這條路的形狀，一些不好看的皺褶也漸漸累積，有些能被撫平，有些則試了又試，仍在那裡。它們本質上就不是幾句溫暖的字句、一些正向的能量可以抹去的。

我看得見自己的改變，和那時候的自己不同了。有點好奇，那一面抽屜到底還寫了什麼，有沒有什麼字，可以送給現在的自己。也好奇吃了快樂藥丸的這些人們，他們的不快樂，究竟有沒有被吃回來。

我晒著太陽，想想至少現在有這一件，我確定我可以做得很好的事情。

it's
ok.

我忘記
呼吸的時候
是不是也
不會笑了
是

憋氣

我發現有時候會不自覺地憋氣，然後在下個時刻驚覺其實沒有在呼吸。

沒有吸到氧氣的那些細胞也沒有求救，他們變種成溫和一點的樣子，不要太急躁不要太好動，他們就可以好好的。

就只有太急躁太好動的我，越來越不好。所以所有可以讓時間變慢的東西都是我的氧氣。

那些東西不是和氧氣一樣強大，只是比氧氣懂得安慰我。

然後就這樣有好幾次被救活的感覺。

其實知道世界上沒有讓時間變慢的魔法，也知道壞掉的事情不會起死回生，但還是相信著那些可以讓自己更好的方法——相信的力量不是讓人可以前進多少，而是讓我們不會太輕易地被摧毀。

所以無論日子的窒息感有著多頻繁的週期，也沒什麼大不了，更無需去談生存之道。

每個人都有著自己的步調，帶著自己所相信的好事，去學呼吸的頻率，懂得哭，也懂得笑。

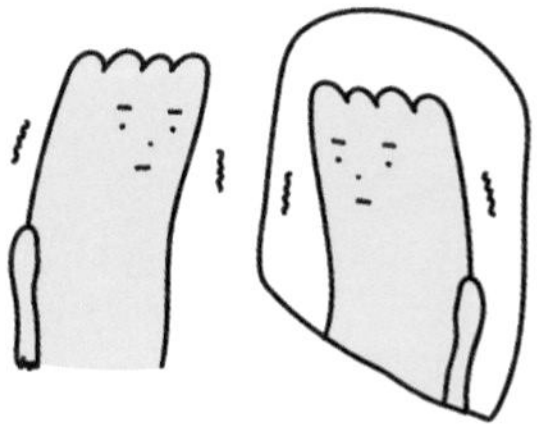

你掉的快樂
不一定要找這麼久
到處都有、

金快樂
銀快樂

可是我們很少能不執著於眼前的那個缺口。

越是填補，看得越是深入。

追根究柢還是來到光都透不進的地方，那些無法理解的事情在這裡就成了不占什麼空間，卻可能讓人摔得更慘的苔。當埋怨著世界怎麼如此歪斜的同時，才發現自己根本從頭到尾都還沒有爬起來。

找一天，有陽光普照，就為自己冒一場險吧。

會不會一切都不會再變好了

我發現很多事情，真的就這樣沒有再變好了。

從小被童話故事養大，快樂的結局成了故事唯一的出口。如果還沒有到快樂結局，那麼一定就是故事還沒有真的結束的關係。白雪公主咬到了毒蘋果，不要擔心，一定會有人有辦法讓她好起來。美女遇見了野獸，不要擔心，野獸是因為被施了魔咒才變成令人懼怕又張牙舞爪的怪物，他會被拯救，變回人類，然後他們就可以幸福快樂地在一起了。

童話故事真的很振奮人心，讓一切的難題都不是難題。相信童話故事的我也嚮往著幸福快樂是結局。

我們漸漸長大，然而童話故事沒有一起長大。我開始知道我身在一個沒有國王皇后的國家，我這輩子無論多努力都不可能當成公主。我知道如果我吃到毒蘋果就會死，就連食物過了有效期限都不能亂吃了，更何況是被巫婆下藥的毒蘋果。我開始懷疑為什麼童話故事要建立一個那麼完美的世界，用盡全力告訴全世界的小孩這世界上有一個這麼美滿這麼神奇的地方，然後再用盡全力提醒我們，我們並不住在那裡面。

很多事情就真的沒有再更好了。

好比我們談的那幾次戀愛。小時候聽的那些故事，只不過是沒有繼續說公主和王子幸福快樂地住在一起之後發生的事情。它們不說兩個人相處其實也要看看星座適不適合。不合的人什麼都能吵，然後就會在沒有任何營養的來回爭吵之中，自己也開始討厭自己說出口的那些話——愛不一定會讓人變好，也有可能讓人變糟。面臨這種絕境如同走在一片茫茫沙漠之中，那裡一片荒蕪，當然沒有水，只有我和星星。當想要抬頭和星星訴苦他只會冷淡地說：「我早就告訴你了。」很多感情的結束是因為個性不合，聽起來很像一句想要隨便模糊帶過的藉口，但仔細想想，世界這麼大，怎麼可能那麼容易遇到適合的人。

好比那些被放在那裡沒有再回到從前的關係。在童話故事裡面，有時候他們沒有了不起的台詞，儘管只是一個曖昧不明的微笑、一個散發愛意的眼眸，下一秒彼此就馬上明白彼此的心意，就算是一段爭吵，都可以輕易地恢復和平。可是回到真實世界就是另一件事。發生在這裡的事情也許沒有童話裡來的精彩，沒有噴火龍、沒有魔法、沒有城堡、沒有解藥。但事實上真的有如被噴火龍的火焰吞噬一般的殘破不堪，而我們沒有魔法、沒了城堡、也費盡心力就是找不到屬於我們的解藥。被摧毀的事情也不是一個微笑、一個眼眸能夠替自己表明心意，很多時候，甚至再也沒有眼神交集了。

我知道自己不在童話故事裡。我自己圍起了我的城堡，每天每天，用我自己的方式保護在這城堡裡頭的東西。

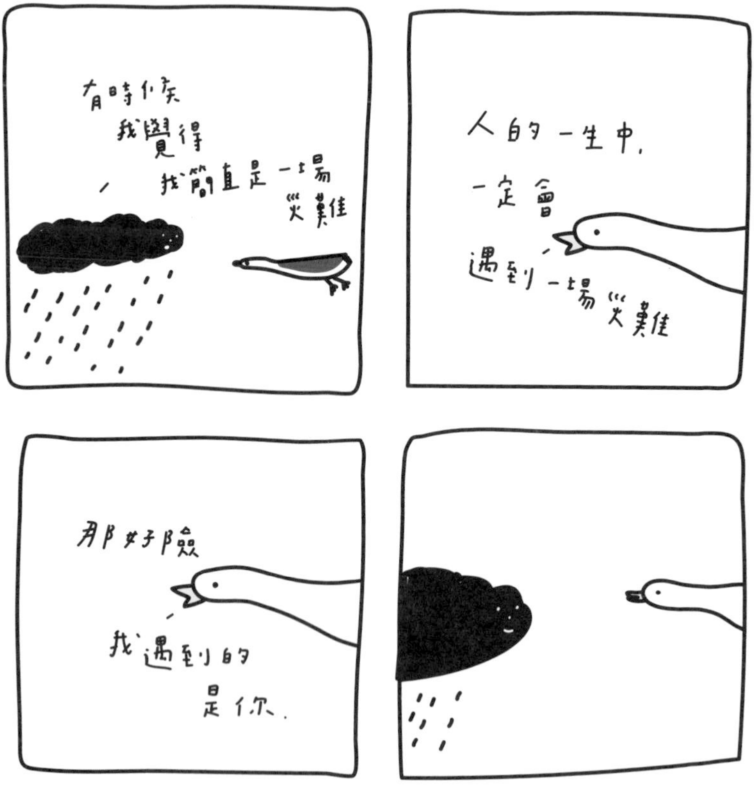
有時候
我覺得
我簡直是一場
災難
人的一生中，
一定會
遇到一場災難
那好險
我遇到的
是你。

我是一場災難

因為偶爾我們沒用得像坨烏雲，即便嚮往陽光，卻一肚子只有下不完的雨。

所以你就先代替了太陽。

所以日子一不小心喪了氣，總有比起絕望更重要的那些事，那些可以可愛、也可以依然快樂的事。

過去
一點
謝謝你、不討厭
我的
烏雲.

黏黏的夏天

秋天是不是真的要來了，這陣子偶爾不會有那種地球不能住人的熱，甚至還有幾個下午有台北幾乎不可能出現的舒服的涼風。

我不太算是夏天的愛好者，雖然喜歡陽光與海，但在很多時候沒有陽光也沒空有海，經常有的是悶和雨下不下來時的濕黏感。濕黏感真的是夏天最不討喜的部分，即使不是在水裡都覺得像是沒有新鮮空氣一般，讓我們沒能好好呼吸和換氣，和生活中的有些時刻很像，很拐彎抹角，很不乾不脆。

那些時刻其實生活裡還有很多。就如我們悶在心裡不說的話也是一種黏膩，黏在心臟周圍讓心無論怎樣都不暢快；就如還無法下定決心的決定，思路黏稠而不通，腦動地越是起勁越是拿不定主意；就如快樂和不快樂有時候又不真的有一線之隔，我們都同時是一個快樂也不快樂的人。

所以當你看見別人頭上的烏雲，不真的需要想盡辦法把太陽找回來。因為那片烏雲下的故事是快樂還是不快樂，可能不是三言兩語就能夠被完好地理解。沒有怎麼樣才是對的樣子，沒有什麼事情是一定要被修整的。

有些事，不需要改變，只需要被溫柔傾聽，然後彼此相伴。不去勉強傷疤，而是任傷疤這樣長，仍能找到自己與它共存最美的模樣。

為什麼你
長那麼兇
可是大家都可以
接受這樣的
你
因為
我不會
說話
不至於
讓人
受傷

貓不會說話

對於一些事物的擁有要小心翼翼——簡單來說，就是要付出一些代價。

天空高高在上的代價是要時時刻刻管好自己的脾氣，一個不小心潰堤會驚動天地，不但一點隱私都沒有還會惹來全世界的怨氣，就像今天台北下午的那場參雜著雷聲的雨。

擁有幸福的代價是有可能受傷的風險。這風險經過評估後，比出車禍的機率大、比賴床的機率小一點、比衝進捷運被捷運門夾到的機率大一些、比我說不要鮮奶油還是拿到鮮奶油在上面的機率小一點而已，然後萬一真的受了傷痊癒的機率是零，所以到底要不要擁有幸福？

人類可以書寫和說話，仔細地想這也是屬於人類的超能力對吧。它使我們可以決策、可以辯論、可以輕易地打勝仗、可以高人一等、可以獲取利益，像是森林就沒有嘴巴、北極熊也沒有嘴巴、大海也沒有，他們總是保持沈默，所以我們一次又一次地獲勝（這是不是人類的勝利也其實很難說）。

而擁抱著這樣能力的我們，有時候其實像隨身都帶了把銳利的刀。我們說的每句話都小心，有時它不是故意尖銳，而是為了保護自己所以學會修飾它的形狀、把刀鋒磨地鋒利、甚至時時刻刻將手放在刀把上。這樣的我們也學出與自己心裡想法不同的話，就成了謊。

有時不好表達的比不上一個眼神，一個擁抱就能說愛，只要將尖銳的刺都收好，無論用什麼說，時時刻刻，都溫柔。

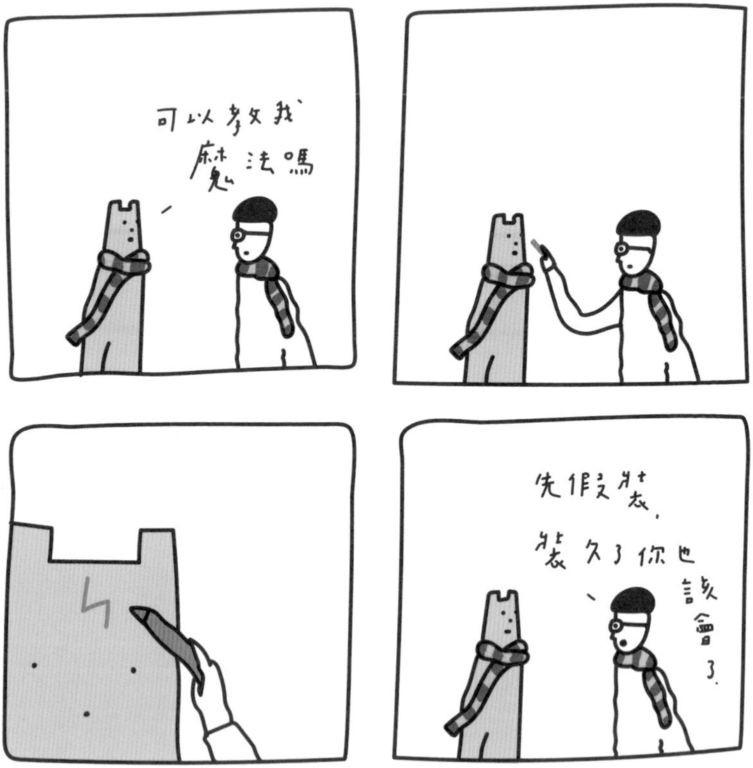
可以教我魔法嗎
先假裝，裝久了你也該會了。

假裝

這世界上不能被假裝的事情是愛和快樂，其他都可以假裝。

例如說，最近我在吃很苦的藥，假裝它沒那麼難吃，現在已經不用吃完再配一顆糖了。或是去六福村玩火山歷險之前，要先假裝自己還是天不怕地不怕，一眨眼也就跟著水一起沖下來了。

長大以後很多事情都必須假裝，因為學校什麼都教，拚命把我們累垮，但就是沒有教我們如何長大。若是以一個小孩的姿態去面對世界，世界會用應付小孩的方式給予回應，有時候還很沒有禮貌，只差沒有說疊字而已。為了不被大人輕易地看輕，我學會假裝厲害、假裝有經驗，用假裝長大的姿態面對這個世界。

後來就會發現裝久了，真的就從那些假裝裡長大了，不知不覺地。

夢想也可以先假裝。

夢從來不怕太大，只怕自己連那個假裝與它很靠近的勇氣都沒有。
如果連潛意識都深信自己和夢想的距離，那信念就真的成了高牆。
然後我們就只是那樣想著，卻永遠到達不了那個想去的地方。

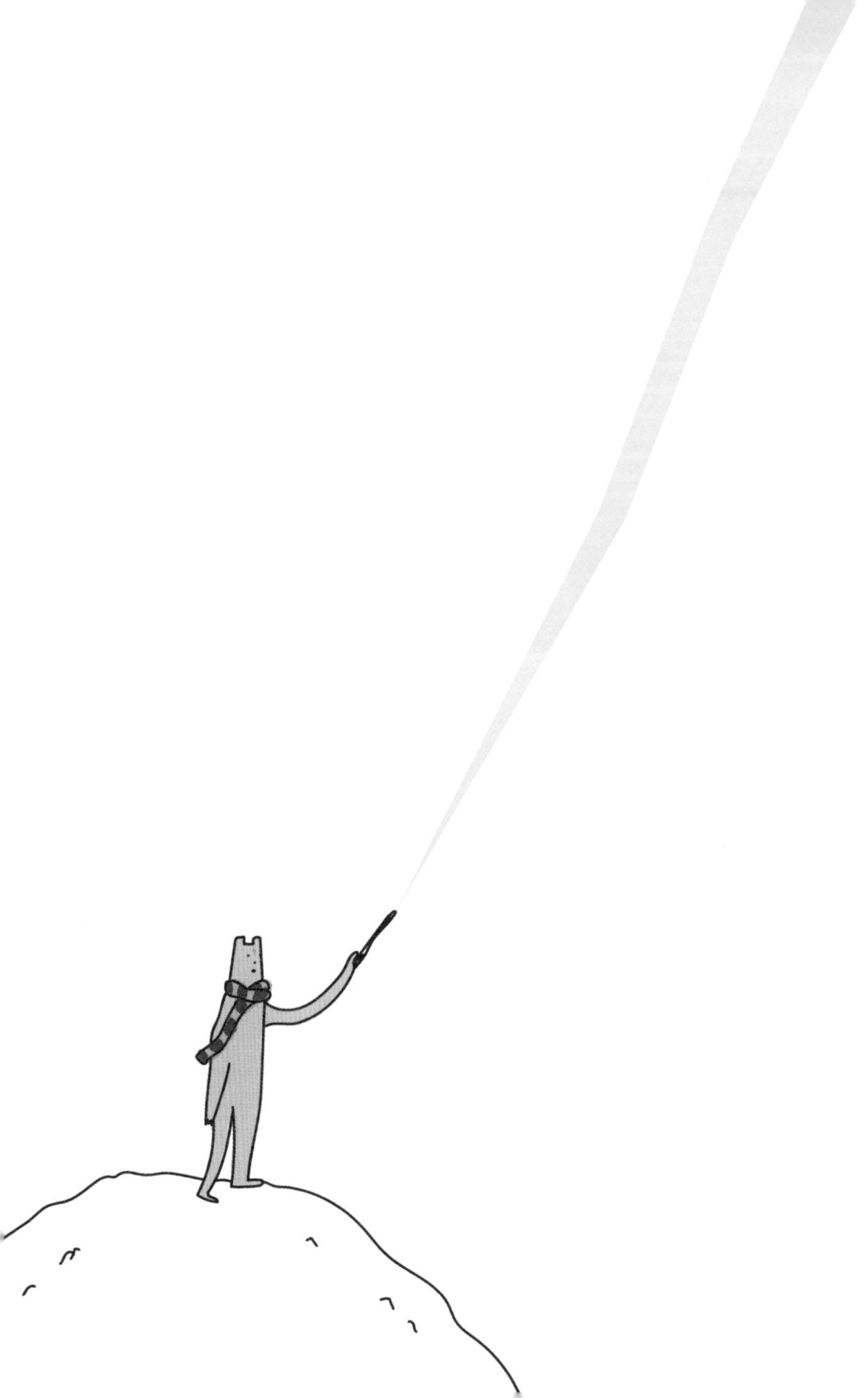

開快一點!
我早就知道
我可以飛

蹺課

「只要把這段時間拿來做比上課更有意義的事，蹺課也沒有關係。」大學是蹺課的人生巔峰，不是真的多常蹺課，是在大學以前根本不可能蹺課。這句話是Susan跟我說的，是她很喜歡的一位助教這麼跟學生說的。

那位助教應該是學生們的英雄，Susan也很愛他。這句話對於聽話的乖小孩可能不管用，對於古板的大人可能不管用，但後來我每一次蹺課，我都會想到這句話，所以對我來說算是受益良多。就算真的只是因為外面的天空太藍，必須出去，然後只是坐在行政大樓外牆上躺著用力地盯著它，什麼都沒做，我都能感到無比滿足。如果這時候傳訊息給二姐，她也剛好沒課或也正處於可以蹺掉的一堂課，那就會是完美的一天。

想起太陽花學運時，有位老師在全班氣氛很低迷的時候，突然自己中斷了那堂課，讓學生回家休息或是前往立法院。因為那天的前一天晚上，沒有人能睡得安穩，甚至很多人沒睡，立法院暴動了，很多人流血了。那些人不是很遙遠的人，爭取的事情也不是很遙遠的事情。老師用這個方式來表示對學生的支持，有種莫名的感動，那陣子我差點覺得大人都是壞人。

人清楚自己究竟在幹嘛時是最閃閃發光的時刻。更有魅力的是，儘管有點不切實際、有點太奮不顧身，儘管也許身邊沒有一個和自己站在同一邊的人，我們毫無隱藏、毫不保留地相信自己的選擇。

那樣的相信就是魔法。那樣的一刻，我們已經成為自己的英雄。

你的頭好大
裡面到底裝什麼
裡面是
真正的我

大爆炸

這是一個大家都喜歡把自己攤在外面的時代，但不一定攤出來的東西是真的。

呈現什麼給世界看見變成了比較重要的事，內容不重要了、故事不重要了、事實不重要了。人的秘密沒有因為時常把自己攤在外面而少一些，因為秘密還是秘密，還是被人含在嘴裡，然後倚著人模人樣繼續說謊。秘密就這樣被吞著，吐不出來也下不去，就跟便秘一樣，讓人不舒服，身心都不健康。

如果人只能以最外層的自己示人（就像只有表皮沒有內心的怪物），而裡面的黑暗就只能自己承擔，人會跟宇宙一樣，有大爆炸的一天嗎？如果宇宙真的是大爆炸才成為這樣無邊又自由的模樣，能承載這麼大的星空和願望，讓原本那個狹小的自己重新有了希望，那人也值得一場大爆炸啊。

人對於大爆炸鼓起的勇敢程度也不同，無論是爆炸的自己，或是目睹這場爆炸的人。如果大爆炸後，會體無完膚、面目全非，那是不是不該對爆炸抱持著過於樂觀的想法。

其實任何一個爆炸都是我們經不起的。

我後來知道了，經過了爆炸，無論宇宙可以看起來多麼無缺多麼美麗，再多的星星，其實都沒有辦法把黑色的部分點亮。即使距離爆炸已過了我們無法理解的時間單位，仍然有沒有被照亮的地方，在無止盡地變遠、變長。

以後都回來這裡

走散

當兩個不相干的事情，在有交集之後，慢慢開始發生神奇的作用。大部分的相遇都是美好的。雨碰到了冷冰冰的空氣會變成大家都喜歡的白雪；紅色遇到黃色會變成橘色；白天在準備遇見黑夜時成了一天中最魔幻的時刻；水氣碰上玻璃會凝結為一層薄霧，只要用手指畫出一個笑臉，它就是一面開心的窗戶。

只是人碰到了人呢，不知道是不是一件好事。或早或晚，自彼此生命交疊開始，就像有雙大手將一個沙漏倒過頭來，放置在那裡，任由沙子細細地從很小的縫隙流出來。流沙是彩色的，它們很漂亮，可是卻有停下來的一天。不是每個人都看得到它停下來之後的樣子，所以也不是每個人都會為那個根本還沒有到來的時刻感到緊張。我卻特別敏感，那些掉落下來的細碎聲響，我都聽得到。總是想要說服自己它們並不可怕，可我卻已經慌張地在那縫隙之下，用盡全身的力氣搶救流沙。後來發現——它們就是時間，混雜了記憶而變成彩色的時間。可是時間就是時間，沒人抓得住。

每一段關係美麗的部分就是那些細細的沙，讓我們能夠留在心上。只是它們畢竟是沙子，累積久了，在身上都有重量。當時間一到，那些原本美麗的細沙，都不見得真的美麗，不見得不著痕跡，不見得不痛不癢。

我好像看得到，人遇到了一個人，最後終將走向不同的遠方。

後來我們都是這樣子走散的。

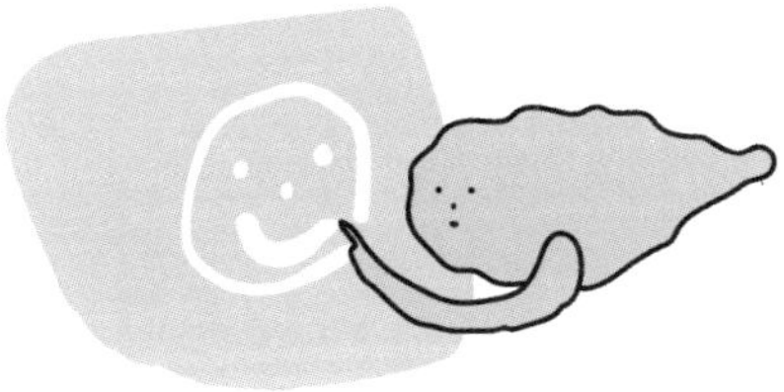

你一個人
我來陪你
其實是你沒有辦法一個人

自由自在

自由自在。

應該是很小的時候就學會這四個字了。筆畫很少，學起來、做起來都很簡單。但很多事情在長大後漸漸有了格式、有了規則和限制，這四個字離我們越來越遠。

跟人相處也是。當擁有能被自己無所顧忌地、用力依賴著的人，我們都像回到小時候，想說什麼就說、想一起做什麼就做。那是自由自在，那是幸運、也是幸福。

然而除此之外，最自由的，倒覺得是回到自己。在每個與自己相處的時刻，仍能為一個美景感動、發生的事自己能哼成歌、能夠有發自內心的快樂、能心滿意足。

當話能誠實地對自己說，事能誠實地為自己做，那樣是真正的自在，也真正自由。

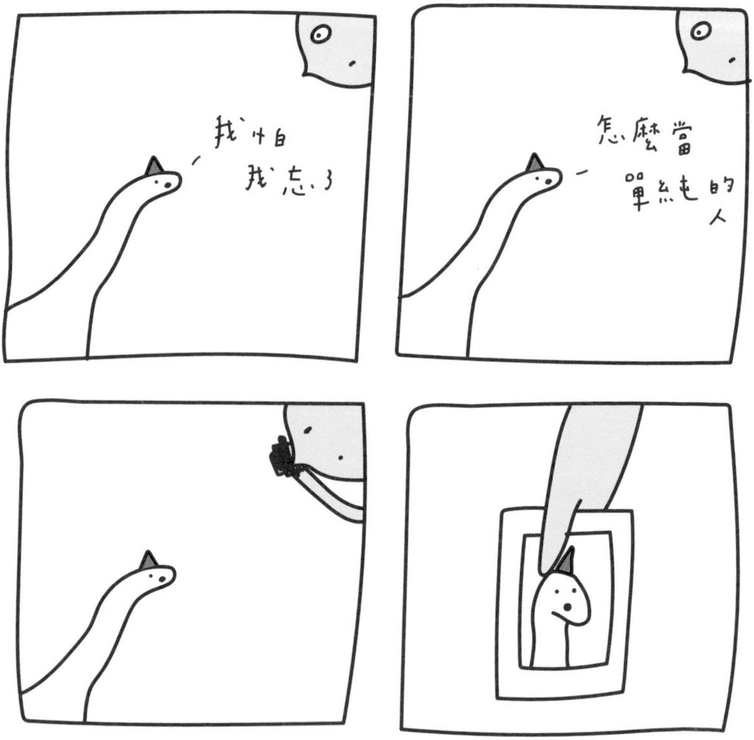
我怕
我忘了
怎麼當
單純的人

好人

會不會有天，我們並沒有如自己所願地成為那個好人。

明明我們每一刻都還敢抱著夢想闖蕩的，可是當很多小小的時刻堆積成很大的，夢想的形狀怎麼好像也不爭氣地被時間給動搖了。

改變之所以有點可怕，是因為我們總是來不及感受到任何變化，卻真的已經正在改變了。就好像不眨眼地看著天空，以為可以保護白雲，它們在不知不覺中都還是要被這樣帶走。

所以對自己說誠實的話、記錄下誠實的模樣是很重要的吧？它們會在每個快要和自己離的越來越遠的時候，溫柔地提醒著，此時此刻，我們怎樣勇敢，想要在這個地球上，當個好人。

你們讀著我的真心全意
就像海明威離開了巴黎
可你
才能描寫巴黎
你們這樣看我的時候
我也早已經不在那裡了

國家圖書館出版品預行編目資料

你羨慕我的溫暖，但我手很冰 / 馬卡龍腳趾（Chi）著.
-- 初版. -- 臺北市： 圓神出版社有限公司, 2021.05
224 面；13×18.6公分 --（Tomato；72）

ISBN 978-986-133-763-0（平裝）

863.55　　110003724

Eurasian Publishing Group
圓神出版事業機構
用心與你對話．視野無限寬廣

圓神出版社
Eurasian Press

www.booklife.com.tw　　reader@mail.eurasian.com.tw

TOMATO 072

你羨慕我的溫暖，但我手很冰

作　　者／馬卡龍腳趾（Chi）
發 行 人／簡志忠
出 版 者／圓神出版社有限公司
地　　址／臺北市南京東路四段50號6樓之1
電　　話／（02）2579-6600．2579-8800．2570-3939
傳　　真／（02）2579-0338．2577-3220．2570-3636
總 編 輯／陳秋月
主　　編／賴真真
專案企畫／尉遲佩文
責任編輯／林振宏
校　　對／林振宏．歐玟秀
美術編輯／李家宜
行銷企畫／陳禹伶．林雅雯
印務統籌／劉鳳剛．高榮祥
監　　印／高榮祥
排　　版／莊寶鈴
經 銷 商／叩應股份有限公司
郵撥帳號／18707239
法律顧問／圓神出版事業機構法律顧問　蕭雄淋律師
印　　刷／國碩印前科技股份有限公司

2021年5月　初版
2021年6月　2刷

定價 360 元　　ISBN 978-986-133-763-0　　